KB113902

오늘도 편의점을 털었습니다

일러두기

- 국립국어원 표기 규정 및 외래어 표기법 규정을 준수하되,
  일부 영문은 저자의 표기를 따랐으며 본문에 소개된 편의점 상품명
  또한 실제 표기를 따랐습니다.
- 품평기는 가능한 객관적 사실을 서술하고자 하였으며 맛 표현은
  개인 편차가 있음을 고려해주시길 바랍니다.

오늘도 편의점을 털었습니다

야매 편의점 평론가의 편슐랭 가이드　채다인 지음

지콜론북

Prologue 편의점, 어디까지 가봤니? ○ 6

Intro 편의점의 시작 ○ 10

1장 편의점 음식 해부학

^^^^^

01. 혼밥의 친구, 편의점 도시락 ○ 18

02. 편의점 푸드의 원조, 삼각김밥 ○ 28

03. 가벼운 한 끼, 샌드위치 ○ 37

04. 3분이면 땡, 컵라면 요모조모 ○ 42

05. 자기과시의 시대, 허니버터칩이 쏘아 올린 작은 공 ○ 48

06. 매운맛에 진심인 민족, 불닭볶음면 ○ 52

07. 죽고 싶지만 떡볶이는 먹고 싶어, Z세대의 떡볶이 사랑 ○ 58

08. 살기 위해 먹는가, 찍기 위해 먹는가? SNS 핫템 ○ 63

09. 해외여행은 못 가지만, 마라탕과 흑당밀크티 ○ 68

10. 네가 왜 여기서 나와? 편의점의 이색 협업 ○ 70

11. 촌스러운 게 제일 힙하다, 편의점 속 뉴트로 ○ 75

12. 예능이 만들고 아카데미가 키웠다, 짜파구리 ○ 80

13. 어째서 이런 것들을 만들까? 편의점 괴식 ○ 84

14. 취향입니다, 존중해 주세요. 호불호 갈리는 편의점의 맛 ○ 91

15. 가슴에 3,000원이 없어도 된다, 편의점 겨울 메뉴 ○ 100

16. 혼자라도 야무지게 해 먹자, 나의 자취 요리 답사기 ○ 105

17. 퇴근 후 한 잔, 편의점 포차 ○ 114

2장 당신의 편의점은 어떠신가요

〰〰〰

01. 편의점 아르바이트 잔혹사 ○ 124

02. 편의점 진상 손님 생태보고서 ○ 129

03. 아르바이트생을 울리는 사기 수법 ○ 136

04. 아르바이트계의 멀티플레이어 ○ 141

05. 워홀러가 처음 마주한 일본 편의점 ○ 144

06. 본격 공개! 편의점 매출 1위 상품은? ○ 148

07. 아르바이트생들의 비밀 레시피 ○ 152

08. 편의점 덕후의 삶, TV 출연기 ○ 158

09. 명절에 혼자인 당신을 위한 메뉴 추천서 ○ 166

10. 편의점에서도 건강한 한 끼를 ○ 173

11. 편의점이 비싸다고? 편견을 버려! ○ 177

12. 아플 때가 제일 서럽다, 임시 약국 편의점 ○ 183

13. 꽐라는 주목! 숙취 해소 아이템 ○ 187

14. 편의점에서 즐기는 아침 식사 ○ 193

15. 급할 때는 나만의 오아시스, 편의점 ○ 196

16. 나날이 진화하는 편의점 서비스 ○ 200

17. 나의 해외여행 필수 코스 편의점 ○ 207

18. 일본 편의점 브랜드, 어디가 맛있을까 ○ 215

19. 낮마이 가득한 태국 편의점 ○ 220

20. 편의점 종주국은 어떨까, 미국 편의점 ○ 224

21. 이런 편의점도 있단 말이야? ○ 226

22. 코로나19 시대의 편의점 ○ 230

편의점, 어디까지 가봤니?

900여 종. 지금까지 먹어온 삼각김밥의 개수다. 참새는 방앗간을, 나는 17년 전부터 한결같이 편의점을 털러 간다. 해외 여행지에서도 편의점부터 들르는 것이 당연한 코스였으니 말 다 했다. 아르바이트하면서 생긴 관심을 시작으로, 직장인이 되어서도 내게 편의점은 떼려야 뗄수 없는 곳이었다. 아침밥을 챙겨 먹지 못하는 날에는 회사 앞 편의점에 들렀고, 퇴근길에는 반짝이는 편의점 간판 앞에 머무르다가 도시락 하나를 사서 집에 들어가는 날이 많아졌다. 자주 가는 시간대의 아르바이트생과 눈인사를 주고받거나 사장님이 남은 행사 음료를 따로 챙겨주는 일, 편의점 단골이면 이런 경험 한 번쯤은 있지 않을까.

편의점 음식에 대한 리뷰를 블로그에 꾸준히 올렸더

니 어느새 타칭 '편의점 평론가'가 되었다. 신문이나 잡지에서도 연락이 오는 일이 생겼다. 인터뷰를 하면 다인 씨는 어쩌다가 편의점 리뷰를 전문으로 하게 되었냐는 질문을 받을 때가 있다. 그럴 때는 미리 준비한 모범 답안("대학교 시절 편의점에서 아르바이트를 하다가 편의점 음식의 다양함에 매료되어 블로그에 하나둘 글을 올리기 시작한 게 이렇게 결실을 보게 되었네요. 호호호.")을 이야기하곤 한다. 완전히 틀린 답은 아니지만, 편의점 아르바이트를 한다고 모든 사람이 갑자기 편의점이 좋아져 삼각김밥을 900개씩이나 먹는 건 아니라는 걸 생각하면 설득력이 떨어지는 동기이긴 하다.

나조차도 가끔 궁금할 때가 있다. 나는 어쩌다가 이렇게 편의점에 집착하게 된 것일까. 이 열정과 노력을 다른 곳, 이를테면 외국어 공부나 각종 자격증 따기에 썼다면 정말이지 뭐라도 되지 않았을까. 남들은 취미로 하는 SNS로 책도 쓰고 협찬도 받고 유튜브도 하는데 나는 협찬은커녕 주기적으로 '너는 왜 거지처럼 편의점 도시락만 먹고 사는 거냐.'라는 악플이나 받으면서 살고 있단 말인가.

다시 돌아가 보자. 나는 어쩌다가 편의점 리뷰를 하게 되었을까? 대학생 때 편의점 아르바이트를 시작해 보니 손님으로 들렀을 때와는 전혀 다른 세상이 펼쳐졌다. 정신없이 바쁘게 돌아가는 점포, 매주 나오는 신상품들, 가끔 진상도 있지만 유쾌한 손님들…. 어느 정도 일에 적응하고 여유가 생기니 편의점의 일상을 하나하나 글로 써 모으고 싶었다. 새로운 음식이 나오면 일단 먹어보고 평가해야 직성이 풀리는 성격도 편의점 리뷰를 시작하는 데 일조했다. 이렇게 편의점 블로그를 만들고 1년, 2년… 정신을 차려 보니 아르바이트를 그만두고 회사에 취직한 뒤에도 매일같이 편의점 리뷰를 하는 사람이 되었다.

　누군가가 나에게 편의점을 어떻게 생각하는지 물어보면 "거리의 오아시스."라고 이야기한다. 항상 그곳에 있어서 평소에는 스쳐 지나가지만 필요한 순간에는 변함없이 늘 있어주는 오아시스 같은 존재. 어쩌면 편의점의 그런 면에 반했을지도 모른다. 사실 알아채지 못할 뿐, 누구나 가슴속에 편의점을 품고 있지 않을까. 밤샘 작업을 하다가 에너지 음료를 사러 새벽에 뛰쳐나가기도 하고, 급히 필요한 물건을 찾아 헤맬 때 혹시 있지 않을까 기대를 품고 들르고, 편하게 담배를 사러 가기도 하는 모습들을 떠올리면 편의점은 저마다의 의미를 지닌 곳이다. 물론 이것은 편의점 없이 일상생활이 불가능한 자의 소견이다.

　오늘도 거리의 오아시스를 지키는 수많은 편의점 아

르바이트생들, 신상품을 매주 주문해 주셔서 나의 체중 증가에 크게 기여한 동네 편의점 사장님, 이 책의 집필을 제안해 죽기 전에 편의점으로 뭐라도 하게 해주신 편집자님께 감사 인사를 올린다.

편의점의 시작

최초의 편의점, 세븐일레븐

편의점의 시작이 얼음 가게인 것을 아는 사람은 그리 많지 않을 것이다. 세계 최초의 편의점은 1927년, 미국 텍사스주 댈러스에서 문을 연 사우스랜드 제빙 회사Southland Ice Company이다. 처음에는 본업에 충실해 얼음만 팔았지만 사람들의 편의를 위해 얼음 냉장고에 빵, 우유, 달걀 등 식료품을 보관해 팔기 시작했다. 그러다 저녁과 일요일에도 영업하게 된 것이 편의점의 전신이 되었다.

세븐일레븐이라는 이름을 쓰기 시작한 것은 1946년부터다. 당시에는 드물게 아침 7시부터 밤 11시까지 영업을 했기 때문에 '7-Eleven'이라는 이름을 붙였다. 그리고 1964년, 스피디 마트Speedee Mart라는 유통 업체를 인수해 프랜차이즈 사업을 본격적으로 펼쳐나갔다.

그렇다면 편의점의 꽃이라 할 수 있는 24시간 영업은 언제부터 시작했을까? 1962년 텍사스주 오스틴의 한 점포에서 24시간 영업을 시범적으로 운영했고 그다음 해에 라스베이거스, 포트워스, 댈러스에 연중무휴 24시간 영업을 하는 점포가 개설되었다.

편의점의 시초가 미국이라면 그것을 더욱 발전시킨 것은 일본이다. 일본 최초의 편의점은 도쿄 도요스의 세븐일레븐으로 1974년 5월에 처음 문을 열었다. 초창기에는 이름 그대로, 아침 7시부터 밤 11시까지 운영했다. 일본에서 편의점이 24시간 영업을 시작한 것은 1975년 5월이었다. 먼저 후쿠시마의 세븐일레븐 직영점에서 테스트 영업을 했고, 몇 년 동안 테스트 기간을 거쳐 1980년대 초반에는 전국적으로 24시간 영업을 했다.

일본 편의점에서 주먹밥과 도시락 등의 푸드 상품을 판매하기 시작한 것은 1970년대 후반부터였지만 판매가 폭발적으로 늘어난 건 1980년대 중반부터이다. 이 시기 일본의 1인 가구가 증가하고 소득 수준이 높아지면서 푸드 판매로 이어진 것이다.

응답하라 1989, 그때 그 편의점

우리나라 편의점 대중화의 시작은 1989년 올림픽공원 앞에 오픈한 세븐일레븐 올림픽점이다. 당초에는 88서울

올림픽을 맞이해 외국 손님들에게 서구적인 이미지를 심어주기 위해 진행한 프로젝트였지만 여러 제반 사정으로 인해 서울올림픽보다 1년 늦은 1989년에 오픈했다.

지금은 패스트푸드점부터 카페, PC방 등 24시간 영업을 하는 가게가 더 이상 신기한 게 아니지만 일부 술집을 제외하고는 밤 10시까지 여는 가게가 드물었던 1980년대 후반에 24시간 영업을 하는 편의점은 그야말로 '도회적 라이프'를 상징하는 공간이었다.

초창기 편의점의 인기 상품은 무엇이었을까. 도시락? 삼각김밥? 정답은 미국 세븐일레븐의 인기 상품이기도 했던 셀프 탄산음료와 슬러시이다. 패스트푸드점도 카페도 거의 없었던 1980년대에는 음료수를 테이크아웃해서 들고 마신다는 것 자체가 혁신적인 일이었다. 세븐일레븐 올림픽점이 처음 오픈했을 당시에는 탄산음료와 슬러시를 마시기 위해 가게 앞에서 줄을 서가며 기다렸다고 하니 사람들에게 초창기 편의점은 블루보틀에 버금가는 힙한 공간이었던 셈이다.

편의점이 만들어낸 새로운 문화 중 하나는 편의점 시식대에서 먹는 컵라면과 김밥이다. 지금은 편의점 시식대에서 음식을 먹는 풍경이 신기한 일이 아니지만 그때는 집이 아닌 바깥에서 무엇을 먹는다는 게 생소하게 느껴졌다. 유행에 민감한 젊은이들 사이에서는 근처 편의점에 가서 컵라면에 김밥 한 줄 먹고 오는 게 자랑거리로 여겨질 정도였으니 말이다.

이러한 컵라면 열풍에 불을 붙인 건 1992년에 방영했던 히트 드라마 〈질투〉였다. 당시 티격태격하던 연인으로 나오던 최수종과 최진실이 편의점에서 컵라면과 김밥을 먹으며 데이트하는 장면이 방영되면서 '편의점=컵라면'이라는 공식이 모든 계층에 인식되는 계기가 되었다.

1990년, 내가 사는 동네에도 미니스톱이 오픈했다. 밤이 되면 문을 닫는 구멍가게밖에 없던 시절 한밤중까지 불을 밝히면서 영업하는 편의점은 내겐 굉장히 신선하고 낯선 공간이었다. 가보고 싶었지만 가격이 비싸다는 풍문도 있었고, 직원들이 많아 왠지 들어가는 게 꺼려져 오픈한 지 몇 달이 되도록 제대로 경험한 적이 없었다. 친구들과 몰려가서 음료수를 사 먹은 정도랄까?

그러던 어느 날, 기회가 찾아왔다. 부모님이 일이 있어 늦게 귀가한다며 저녁은 혼자 사 먹으라고 연락이 온 것이었다. 평소라면 중국집에 주문해 짜장면을 먹었겠지만 이날은 비상금이 든 지갑을 손에 들고 미니스톱으로 향했다. "어서 오세요!" 문을 열고 들어서니 들려오는 직원들의 경쾌한 인사에 어린 나는 약산 긴장했던 것 같다.

카운터 앞에서 한참 고민하다가 치즈버거와 감자튀김, 사이다를 주문했다. 초창기 미니스톱에서는 패스트

푸드점처럼 매장 내에서 햄버거와 감자튀김, 치킨을 직접 만들어 팔았다. 만드는 데 시간이 걸리는데 괜찮냐는 직원의 물음에 괜찮다고 대답하며 계산했다. 테이블에 앉아서 기다리니 잠시 후 햄버거 패티를 굽는 고소한 냄새가 가게 안에 퍼졌다. 그렇게 미니스톱에서 처음 먹게 된 치즈버거는 맛있게 녹은 치즈와 갓 구워 따끈한 패티가 어우러져 세상에서 다시없을 정도로 환상적인 맛이었다. 늦은 밤, 편의점 테이블에 앉아 햄버거와 감자튀김을 먹으면서 그날 나는 조금은 어른이 된 것 같은 느낌이 들었다.

편의점 음식 해부학

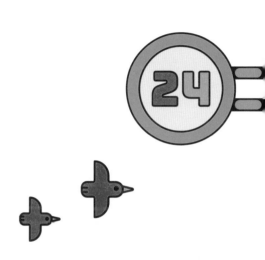

01

혼밥의 친구,
편의점 도시락

편의점 도시락은 언제부터 주류가 됐을까? 우리나라에서 지금과 같은 편의점 도시락이 나온 것은 1994년, 세븐일레븐의 제육볶음 도시락과 불고기 도시락이라고 한다. 가격은 2,000원대로 당시 중국집에서 사 먹는 짜장면 가격과 거의 비슷했다. 하지만 그때는 냉장고에 진열된 밥을 먹는다는 것에 거부감을 느낀 사람들이 많아 실제 많은 판매로 이어지지는 않았다고 한다. 또 물가가 저렴해 굳이 식당이 아닌 편의점에서 도시락을 사 먹을 필요가 없었을 것이다.

편의점 도시락이 큰 인기를 끌게 된 건 2010년대 초부터이다. 내 월급만 빼고 모든 게 다 오르는 세상. 직장인 기준으로 사람답게 점심 한 끼 먹으려면 평균적으로 8,000원은 내야 한다. 그뿐인가. 한 시간밖에 안 되는 점심시간에 밖에 나가서 식사하면 순식간에 소중한 점심시간이 지나간다. 그런 직장인들에게 4,000원대에서 간편하게 한 끼를 해결할 수 있고 식사 후 남는 시간을 유효하게 활용할 수 있는 편의점 도시락은 매력적인 대체재였다.

도시락이 많이 팔리기 시작하자 각 편의점에서도 발 빠르게 대응을 시작했다. GS25는 국민 배우인 김혜자를, 세븐일레븐은 아이돌인 혜리를 모델로 내세워 혜리 도시락을 선보였고 CU는 맛집의 기준 백종원을 도시락

모델로 기용하였다.

종류도 훨씬 다양해졌다. 이전에는 제육볶음이나 불고기, 돈가스, 치킨 도시락이 나오는 정도였지만 지금은 매월, 매주 새로운 도시락들이 쏟아져 나온다.

어떤 도시락이 인기일까?

편의점마다 조금씩 다르지만 어디든 제일 인기 있는 도시락은 여러 가지 반찬이 조금씩 들어있는 한식 도시락이다. 편의점 도시락에서라도 집밥의 감성을 느끼고 싶은 게 소비자들의 마음인 걸까. 세븐일레븐은 이런 소비자의 심리를 겨냥해 한식 반찬의 구성을 강화한 11찬 도시락과 7찬 도시락을 출시했다.

GS25는 2030 취향의 도시락을 만드는 것에 중점을 두고 있다. 볶음밥에 큼직한 닭다리구이와 소시지, 피클 등이 들어간 '완전크닭 도시락'부터 새우튀김, 돈가스, 햄버그스테이크에 카레가 들어있는 '모둠튀김 & 커리 도시락' 등 젊은 층들이 좋아하는 메뉴로 도시락을 구성하고 있다.

돈가스나 불고기 등 고기가 들어간 도시락도 편의점에서 인기 있는 메뉴 중 하나이다. 기분이 저기압일 때는

고기 앞으로 가라고 하지 않던가. CU에서는 두툼한 돼지
고기에 모차렐라치즈가 듬뿍 들어간 '치즈만수르 돈가스
도시락'을 내놓았고 세븐일레븐에서는 밥 위에 직화구이
삼겹살을 얹은 '직화삼겹구이덮밥 도시락'을 선보였다.

배가 고파서 편의점에 가면 신상품 도시락이나 내가
먹고 싶었던 도시락만 귀신같이 없는 경우가 있다. 그럴
때는 각 편의점 앱의 도시락 예약 주문을 이용해 보자.
이틀 전에 미리 주문해야 한다는 단점이 있지만 먹고 싶
은 도시락을 근처 편의점에서 편하게 픽업해 먹을 수 있
다. 신상품이나 행사 상품을 사면 할인이나 음료 증정을
해주는 경우도 있어 더 저렴하게 먹을 수 있다.

이런 도시락도 있었어? 편의점 이색 도시락

쌈밥을 편의점에서? 쌈밥 도시락

매년 봄~여름에 출시하는 계절 한정 도시락인 쌈밥 도시
락. 밥, 돼지불고기와 함께 상추와 깻잎, 쌈장, 무생채, 마
늘에 고추까지 들어있다. 1인 가구라면 한 번쯤 이런 경
험이 있을 것이다. 채소가 몸에 좋은 건 알지만 식당에
가도 쌈밥 메뉴는 보통 2인분부터 시작하고 마트에서 쌈

채소를 사서 먹으려고 해도 나는 한 끼만 쌈을 싸서 먹고 싶은데 기본이 한 바구니라 눈물을 흘리며 뒤돌아선 일들을. 그런 이들에게 따로 재료를 사지 않아도 나 홀로 쌈밥을 먹을 수 있는 쌈밥 도시락은 조금 호들갑스럽게 이야기하면 축복이나 마찬가지이다. 채소 비중이 높아 다른 도시락에 비해 칼로리가 낮은 편이고, 먹으면 나름 건강해지는 느낌이다. 봄과 여름뿐만 아니라 사계절 내내 판매했으면 좋겠다.

양푼이 비빔밥처럼, 열무비빔밥 도시락

보리밥에 열무김치를 비롯해 상추, 무생채, 오이, 당근 등 아삭아삭한 채소로 구성된 비빔밥. 고기가 대부분인 느끼한 도시락에 질렸다면 먹어볼 만한 메뉴다. 고기가 거의 들어있지 않아 채소 위주의 식사를 하는 사람들에게 추천한다. 더운 여름, 입맛이 없을 때나 상큼한 한 끼를 먹고 싶을 때 사 먹으면 좋다. 집에서 남은 반찬을 넣고 쓱쓱 비벼 먹는 그 맛을 느낄 수 있다.

편리함의 절정, 고등어구이 도시락

고등어구이와 함께 떡갈비와 계란말이 등의 반찬으로 구성된 도시락. 생선구이를 좋아하는 사람이라면 안 사 먹을 수 없다. 혼자 살면 은근히 먹기 어려운 게 생선구이다. 구워 먹기도 번거롭고 냄새도 잘 빠지지 않아 집에서는 잘 해 먹지 못하게 된다. 특히나 원룸에서 생선을 구우면 생선 냄새가 온 집 안에 배어 일주일 동안은 고등어 냄새가 밴 옷을 입고 다니는 기분이 든다.

　이럴 때 고등어구이 도시락이 제격이다. 전자레인지에 돌려서 바로 먹을 수 있는 데다, 비린내도 거의 나지 않고 큼직한 뼈는 미리 발라져 있어 음식 쓰레기가 생기지 않는 것도 좋다. 하지만 역시나 생선은 편의점 도시락 반찬으로는 인기가 없는 듯, 은근슬쩍 단종되는 경우가 많다. 생선구이 팬으로서는 슬픈 이야기이다.

도시락 완전체를 향하여, 찌개 도시락

백반집에서 최고의 인기를 자랑하는 찌개를 도시락으로 만들었다. 오목한 찌개 전용 용기에 건더기와 양념이 들어있어 끓는 물을 부어 전자레인지에 돌리면 그럴듯한 찌개가 완성된다. 종류도 한국인들이 제일 좋아한다는 김치찌개를 비롯해 된장찌개에 부대찌개까지 있어 골라 먹는 재미가 있다. 하지만 집에서 끓이는 찌개의 맛을 도무지 당할 수는 없는 걸까? 먹어보면 어딘가 살짝 부족하다. 찌개에 신경을 너무 쓴 탓에 다른 반찬들이 부실해 보이는 것도 조금 아쉽다.

바다 건너의 맛, 대만풍 고기덮밥

'대만풍'이라는 상품명이 호기심을 자극한다. 간장 양념에 재운 돼지고기 목살이 밥 위에 얹어져 있다. 고기가 큼직한 게 먹을 때의 만족도를 높여준다. 청경채나 죽순 등 보통 편의점 도시락에서는 잘 보기 힘든 채소도 적당히 들어있다. 그렇다면 과연 대만의 맛이 느껴질까? 한국화가 되었는지 특유의 향신료 맛이 그렇게 강하지는 않았다. 이점을 선호하는 소비자도 있겠지만, 진짜 현지의 맛을 느끼고 싶은 이들에겐 아쉬울 것 같다.

기대 이상, 초밥 도시락

계란, 새우, 문어, 장어, 훈제연어 등의 생선으로 구성되었다. 간장과 와사비, 락교도 들어있어 제법 구색을 갖추었다. 편의점에서 파는 초밥이라고 하면 으레 맛이 없을 것 같은 이미지인데 먹어보면 꽤 그럴싸하다. 물론 한 끼에 20만 원 하는 스시집 오마카세도 울고 갈 맛은 당연히 아니지만, 마트 초밥 정도의 맛은 보장된다. 보관 문제 때문인지 날생선보다는 익힌 생선이나 계란 위주로 이루어졌다. 여기에 컵우동까지 곁들이면 초밥 정식처럼 먹을 수 있다.

편의점 도시락을 애용하는 사람들

편의점 도시락은 누구에게 인기일까. 주머니 사정이 좋지 않은 청소년들이 많이 먹을 거라고 생각할 수 있지만 통상적으로 10~20대보다는 30~40대 직장인, 여성보다는 남성들이 편의점 도시락을 더 선호한다고 한다. 식사 준비를 할 여유가 없거나 바쁜 직장인들이 주로 이용한다는 뜻일 테다. 그들은 왜 도시락을 먹는 걸까? 다양한 연령과 성별의 사람들에게 이유를 들어보았다.

결혼해도 식사 준비는 셀프로

〰〰 김 씨(30대 중반, 남성, 기혼)

Q 결혼했는데 왜 편의점에서 도시락을 먹나요? 아무래도 집밥이 더 좋지 않나요?

A 저희는 맞벌이를 하는 데다가 부인이 회사에서 저녁을 먹고 오는 경우가 많아 평일 식사는 각자 해결하고 있어요. 처음에는 밖에서 사 먹어봤는데 식비도 만만치 않고 식당을 고르는 것도 일이라 자연스럽게 편의점 도시락을 먹게 된 것 같아요. 매번 만들어 먹는 것도 효율이 떨어지고요.

Q 일주일에 몇 번 정도 먹나요?

25

A 저도 회사에서 저녁을 해결하는 경우가 있으니 그걸 제외하면 일주일에 2~3번쯤 먹네요. 편의점 도시락이 당기지 않으면 배달 음식을 주문하기도 해요.

Q 그렇게 먹으면 질리지 않나요?

A 좀 질리긴 하죠. 그래도 도시락 신상품이 자주 나와서 못 먹을 정도는 아닌 것 같아요. 밥 외에 스파게티나 국수같이 다른 종류도 있고요.

식사 시간보다 자기 계발이 중요해

〰〰〰 전 씨(20대 후반, 여성, 미혼)

Q 부모님이랑 같이 사는 것으로 알고 있는데, 편의점 도시락을 먹는 이유가 있나요?

A 점심시간을 쪼개서 영어 공부를 하고 있어요. 그러다 보니 식당에 갈 여유가 없더라고요. 식당까지 걸어가고 음식을 주문해서 나오는 시간을 생각하면 그냥 편의점에서 간단하게 해결하고, 남는 시간에 저를 위한 공부를 하는 게 좋을 것 같았어요.

Q 주로 어떻게 먹고 있나요?

A 아침에 편의점에서 도시락을 사서 회사 공용 냉장고에 넣어둔 뒤에 점심때 휴게실에서 데워 먹어요. 인터넷 강의를 보면서 먹으려면 간단하게 먹는 게 좋아서 반찬이 많은 도시락보다는 덮밥이나 컵밥, 샐

러드를 자주 먹습니다. 가끔 샌드위치나 과일을 사 먹을 때도 있고요.

Q 일주일에 몇 번 정도 먹나요?

A 평일에는 거의 매일 먹어요. 가끔 편의점 음식이 질 리거나 회사 동료들과 약속이 있을 때는 밖에 나가 서 먹지만요.

바쁠 때 어쩔 수 없이

〰〰 차 씨(20대 초반, 남성, 대학생)

Q 대학생이면 대학 근처 식당가나 학생 식당이 편의점 도시락보다 저렴하지 않나요?

A 그렇긴 하죠. 하지만 수업이 연달아 있어 식당에 갈 시간이 없거나 친구들이 바빠 같이 먹을 수 없을 때 는 학교 안에 있는 편의점에서 식사를 해결하는 경 우가 많아요. 전자레인지에 데워서 편의점 안에 있 는 테이블에서 먹으면 15분이면 식사를 해결할 수 있거든요.

Q 일주일에 몇 번 정도 먹나요?

A 자주 먹지는 않아요. 일주일에 1~2번 정도? 아무래 도 학교 식당이 저렴하니 편의점 도시락은 손이 잘 안 가는 것 같아요. 정말 시간이 없을 때가 아니면요.

02

편의점 푸드의 원조,
삼각김밥

요즘엔 도시락의 인기에 살짝 밀린 느낌도 있지만 편의점을 대표하는 음식을 꼽으라면 단연 삼각김밥을 떠올리지 않을까. 우리나라에서 삼각김밥이 등장한 시기는 1990년대 초반이다. 당시 일본 편의점에서 큰 인기를 끌고 있었던 오니기리를 벤치마킹해서 팔기 시작한 것이다. 하지만 예전에는 편의점의 점포 수도 적었고 삼각김밥 가격도 900원~1,000원으로 당시의 물가를 고려하면 비싼 편이었기 때문에 판매량이 많지 않았다. 500원이면 동네 분식점에서 떡볶이 한 접시를 먹을 수 있었으니, 그때는 꽤 고급스러운 주전부리였던 것이다.

 '편의점=삼각김밥'이라는 인식이 사람들에게 자리를 잡기 시작한 것은 2000년 초반이다. 2001년 세븐일레븐이 삼각김밥의 가격을 700원으로 내리고 편의점 최초로 TV 광고를 하면서 편의점에서 삼각김밥을 사 먹는 사람들이 급속도로 늘어났다. 삼각김밥이 컵라면의 판매를 넘어선 것도 이때쯤이다.

 삼각김밥의 열기는 2002년에 피크를 이루었다. 한일 월드컵이 열리고 거리 응원 행렬이 늘어나면서 손에 쥐고 쉽게 먹을 수 있는 삼각김밥을 많은 사람이 즐긴 것이다. 당시 월드컵 응원의 메카였던 서울 시청 광장 근처의 편의점의 경우, 경기가 있는 날에는 삼각김밥을 4~5천 개는 팔았다고 하니 인기가 얼마나 대단했는지 짐작할 수 있다. 그 이후로 편의점마다 다양한 삼각김밥을 개발하였고, 더 많은 이들의 사랑을 받게 되었다. 그동안 수많은 종류의 삼각김밥들이 편의점에서 판매되었지만 예나 지금이나 제일 잘 팔리는 상품들은 정해져 있다. 오랜 시간 우리에게 사랑 받아온 삼각김밥은 무엇일까?

✦

기본이 최고, 스테디셀러 삼각김밥

참치마요삼각김밥

삼각김밥이 처음 출시됐을 때부터 있던 장수 상품으로 당시 일본에서 제일 잘 팔리던 삼각김밥을 벤치마킹했다고 한다. 참치의 고소한 맛과 마요네즈의 부드러운 맛이 밥과 묘하게 잘 어울린다. 한국에 처음 판매되었을 때는 마요네즈의 느끼한 이미지 때문에 거부감을 가지는 사람들도 꽤 있었다고 한다. 기름진 편이라 함께 먹는 컵라면으로는 얼큰한 국물 라면이 잘 어울린다.

전주비빔삼각김밥

참치마요가 일본에서 건너온 외래종이라면 전주비빔삼각김밥은 우리나라에서 개발한 토종 삼각김밥이다. 고추장 양념에 비빈 매콤한 밥과 고명으로 들어간 불고기와 나물의 맛이 영락없는 전주비빔밥이다. 매운 음식을 사랑하는 우리나라 사람들의 입맛을 저격한다. 육개장사발면도 클래식 조합으로 좋고, 우동 같은 깔끔한 맛의 국물 라면도 어울린다.

소고기고추장삼각김밥

전주비빔삼각김밥과 마찬가지로 매운맛을 좋아하는 우리나라 사람들을 위한 맞춤형 삼각김밥. 고추장에 다진 소고기를 넣어 매콤하게 볶아냈다. 매콤달콤한 고추장과 가끔 씹히는 소고기의 조합이 밥과 잘 어울린다. 어울리는 컵라면은 전주비빔삼각김밥과 마찬가지로 깔끔한 맛의 국물 라면이 좋다. 맑고 순한 국물이 고추장 양념으로 매워진 입 안을 다스려준다.

✧

나의 이색 삼각김밥 연대기

900여 종. 내가 지금까지 먹어온 삼각김밥의 개수다. 삼각김밥 하나가 약 100g이니 지금까지 90kg 정도의 삼각김밥을 먹은 셈이다. 이것들이 모두 모어 내 살이 되어준 거로구나⋯. 삼각김밥 인생 17년, 그동안 먹어봤던 이색 삼각김밥에 무엇이 있었는지 돌이켜 보았다.

31

왜 이걸 밥에 넣은 거지? 다코야키주먹밥

편의점에서 본 순간 궁금해서 견딜 수 없었던 주먹밥. 다코야키? 내가 생각하는 그 다코야키가 맞을까? 설마 빵을 밥 안에 넣지는 않았을 것이고, 우스터소스로 양념한 밥에 마요네즈랑 문어가 들어있으려나 생각했지만 실제로 먹어보니 정말로 밥에 다코야키가 들어있는 게 아닌가. 밥에 빵을 넣은 주먹밥이라. 예상보다 맛은 없었다. 밀가루 반죽이 푸석푸석하고 문어는 손톱만 한 게 한 조각 들어있을 뿐, 다코야키의 본고장인 오사카 사람들도 깜짝 놀랄 맛이다.

괴식 아니야? 탕수만두삼각김밥

야채볶음밥에 탕수육소스로 버무린 만두를 넣은 것. 다코야키주먹밥처럼 이것도 괴식처럼 느껴지지만 막상 먹어보면 의외로 맛있다. 달콤하기도, 새콤하기도 한 탕수육소스에 코팅된 군만두와 볶음밥의 조합이 매우 잘 어울렸다. 조금 호들갑을 더해 말하자면 중국집 볶음밥에 서비스로 딸려 온 군만두를 함께 먹는 맛이랄까? 중국집의 맛을 단돈 1,000원에 즐길 수 있는 삼각김밥이다.

김 대신 계란으로 감싼 오므라이스주먹밥

케첩과 햄, 야채를 넣어 볶은 밥을 계란 지단으로 감싼

주먹밥. 케첩으로 새콤하게 양념이 된 밥과 부드러운 계란 지단의 조합이 경양식집에서 먹는 오므라이스를 연상시킨다. 스파게티 컵라면을 곁들이면 몸은 자취방이라도 마음만은 경양식집에 있는 것 같은 느낌을 받을 수 있다.

전복버터삼각김밥 & 장어구이삼각김밥

여름철 보양식 콘셉트로 출시되었던 전복버터삼각김밥과 장어구이삼각김밥. 대표적인 몸보신 재료인 전복과 장어를 삼각김밥에 넣었다. 가격은 1,500원~2,000원 정도로 삼각김밥치고는 비싸지만 전복과 장어를 먹을 수 있다는 것만으로도 남는 장사 아닐까.

입맛이 없을 때 딱 좋은 김초밥삼각김밥

차게 해서 먹는 삼각김밥. 단촛물로 밥을 간하고 게맛살이나 참치마요 등의 토핑을 넣어 김초밥 느낌으로 먹을 수 있다. 새콤달콤 시원한 초밥이 여름철 입맛이 없을 때 먹으면 딱 기분 좋다. 시원한 비빔면과 같이 먹으면 잠깐이지만 더위를 이겨낸 듯한 느낌이다.

삼각김밥 예송 논쟁!
그냥 드세요, 데워 드세요?

어느 날 트위터에서 삼각김밥을 그냥 먹는지, 데워 먹는지 논쟁을 벌이는 광경을 보았다. 이런 사소한 걸 가지고 인생을 건 싸움이라도 하듯 진지해지다니 역시 트위터는 인생의 낭비다.

그냥 먹는 파의 주장에 따르면 삼각김밥을 전자레인지에 돌리면 김이 눅눅해져서 김의 바삭한 맛을 즐길 수 없고, 마요네즈가 들어간 삼각김밥의 경우 마요네즈가 데워져서 본연의 맛이 잘 느껴지지 않는다고 한다.

데워 먹는 파도 할 말은 있다. 한국인이 어떤 민족인가. 다른 건 몰라도 밥은 따뜻하게 먹어야 하는 민족성을 지니지 않았는가. 삼각김밥이라 할지라도 찬밥을 먹는 건 도리에 어긋나는 법. 전자레인지에 데워 갓 만든 것 같은 따뜻함을 즐기는 게 올바른 섭취인 것이다. 그리고 돈가스나 우삼겹처럼 기름진 토핑이 들어간 삼각김밥의 경우에는 데워 먹지 않으면 맛이 떨어지는 경우도 있다.

그렇다면 실학파는 어떻게 먹을까? 참치마요나 게맛살 같은 마요네즈 계열은 그냥 먹고 돈가스나 미트볼처럼 고기가 들어간 것은 전자레인지에 데워 먹는다. 역시 모든 일에는 중용이 중요하다. 참고로 삼각김밥은 전자레인지에 오랜 시간 돌리면 뜨거워져 혀를 홀랑 델 수 있으니 20초의 미학을 지켜주자.

편의점 음식을 위한 변명

편의점 음식 위주로 먹고 살다 보니 이런 말을 가장 많이 듣는다. "편의점 삼각김밥이나 도시락에는 방부제가 많이 들어가 있다던데 건강은 괜찮아?"라고. 예전에 방송 출연 제의를 받았을 때, 병원 정밀검사를 조건으로 내건 방송국이 있을 정도였다(물론 이건 거절했다). 어째서일까. 내 몸에 방부제 사리가 있는지 없는지 확인이라도 하려는 것이었을까.

인터넷에 널리 퍼져있는 도시 전설 중 하나로 삼각김밥이나 도시락에 중국산 쌀이 들어간다거나, 급식업체에서 사용하고 남은 묵은쌀을 사용하는데 그걸 감추기 위해 각종 첨가제와 방부제를 넣는다는 이야기가 있다. 냉장고에 하루 종일 진열되어 판매되는 편의점 음식에 대한 불안감과 불신이 이런 루머를 만들어낸 것 같다.

하지만 대부분의 편의점에서는 삼각김밥과 도시락 같은 쌀을 사용한 상품에는 농협 쌀을 이용하고 있다. 농

협의 최대 고객이 편의점이라는 농담 섞인 말이 있을 정
도다. 그리고 모든 편의점 음식늘은 점포 유통기한이 12
시간 정도로 짧은 편이라 유통기한을 늘릴 용도로 방부
제를 들이부을 필요도 없다. 그러니 안심하고 편의점 음
식들을 먹어도 된다.

가을이면 더 맛있어진다는 사실

경험상 나는 삼각김밥과 도시락은 가을에 먹는 게 제일
맛있다고 사람들에게 이야기한다. 편의점 음식에 계절
이 어디 있냐고 할지도 모른다. 그러나 대부분의 편의점
에서는 9월부터 농협 햅쌀을 사용해 밥을 짓기 때문에
9~10월에 먹는 삼각김밥과 도시락은 다른 때보다 밥알
이 촉촉하고 찰기가 느껴진다. 물론 맛있게 먹겠다고 가
을까지 기다릴 필요는 없으니 그냥 참고로만 알아두자.

가벼운 한 끼,
샌드위치

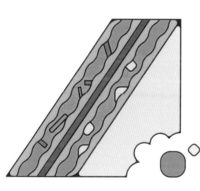

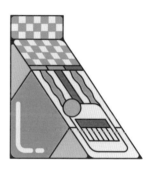

한 손에 쥐고 유유히 먹는 간편식

샌드위치는 편의점에서 간단하게 식사를 때우고 싶을 때 주로 선택하게 된다. 손에 들고 다니면서 먹기 좋고 도시락처럼 반찬 냄새가 크게 나지 않기 때문에 부담 없이 먹을 수 있다. 가격도 2,000~3,000원대 정도로 샌드위치 전문점보다 저렴한 편이라 주머니 사정이 간당간당할 때 좋다.

기본 중의 기본, 햄치즈샌드위치

스테디셀러인 햄치즈샌드위치. 식빵에 마요네즈를 바르고 햄과 치즈, 양상추와 토마토를 토핑한 제일 기본적인 샌드위치이다. 편의점 샌드위치 중에서는 가격이 저렴한 편이고, 맛도 호불호가 적어 많은 이들의 사랑을 받는다.

든든한 돈가스샌드위치

샌드위치로 든든하게 한 끼 먹고 싶을 때 돈가스샌드위치를 먹어보자. 샌드위치에 돈가스소스와 마요네즈를 바르고 돈가스와 채 썬 양배추를 토핑했다. 두툼하고 기름진 돈가스와 새콤하고 짭조름한 맛의 돈가스소스, 아삭하게 씹히는 양배추 조합이 맛있다. 고기를 좋아한다면 추천할 만한 샌드위치. 그리고 이 샌드위치는 꼭 전자레인지에 데워 먹을 것을 추천한다. 튀김이 들어가 있어 그냥 먹는다면 자칫 느끼할 수 있다.

봄이 오면 생각나는 딸기샌드위치

초봄이 되면 편의점에서 앞다투어 출시하는 딸기샌드위치. 식빵에 생크림을 바르고 생딸기를 넣어서 식사 대용보다 디저트로 먹기 좋은 샌드위치이다. 생딸기가 엄청나게 들어있지는 않지만(편의점 샌드위치에 너무 많은 걸 바라지 말자) 딸기의 상큼하고 화사한 색에서 봄이 물씬 느껴진다. 그래서인지 편의점에서 딸기샌드위치를 보면 봄이 왔나는 생각이 먼저 든다.

SNS 레시피가 편의점으로,
인기가요 샌드위치

인기가요 샌드위치는 SBS 등촌동 공개 홀에 있는 매점에서 판매하는 샌드위치로 음악 방송 〈인기가요〉를 녹화하는 날에 아이돌 가수나 방송국 관계자들이 사 먹으면서 입소문을 타기 시작했다. 딸기잼을 바른 식빵에 계란과 게살로 만든 샐러드, 양배추와 피클로 만든 샐러드가 들어가 있어 소위 단짠단짠의 매력이 최고다. 어떤 아이돌은 그 맛을 잊지 못해 본인의 유튜브 채널에 레시피를 올릴 정도.

문제는 이 샌드위치를 파는 곳이 일반인에게 개방된 매점이 아니었기 때문에 이걸 먹으려면 아이돌로 데뷔를 하거나 SBS에 취직해야 했다. 많은 이들이 이 샌드위치의 맛을 궁금해하자 편의점에서 움직이기 시작했다. 온라인에 퍼진 샌드위치의 레시피를 참고해 상품화한 것이다. 인기가요 샌드위치는 나오자마자 SNS를 통해 폭발적인 반응을 이끌어내며 각 편의점 샌드위치 매출 1위를 차지하는 기염을 토했다. 그야말로 무명의 연습생에서 톱스타로 발돋움한 것이다.

하지만 오리지널을 먹어본 사람의 말에 의하면 편의점에서 나온 상품들은 전부 오리지널과는 약간씩 맛이 다르다고 한다. 역시 오리지널을 먹으려면 아이돌이 되는 수밖에 없을 것 같은데 이번 생은 그른 것 같다. 아래는 편의점 3사의 인기가요 샌드위치를 먹어본 소감이다.

GS25 아이돌 인기 샌드위치

달걀과 감자, 마요네즈가 섞인 샐러드, 딸기잼과 야채샐러드의 구성으로 케첩 맛이 섞여 산뜻하고 새콤달콤한 맛이 난다. 단맛이 강해 식사라기보다는 간식이나 디저트 느낌이 든다. 야채샐러드의 양배추가 아삭하게 씹히는 식감이 맛있다.

세븐일레븐 인가 샌드위치

계란샐러드와 함께 감자샐러드가 들어가 있고, 새콤달콤한 맛이 덜한 대신 마요네즈의 고소한 맛이 강하다. 딸기잼 맛도 마요네즈에 비해 상대적으로 약한 편이라 간식이라기보다는 식사용 샌드위치에 가까운 느낌이다. 포슬포슬한 감자샐러드를 좋아한다면 추천한다.

CU 이건가요? 샌드위치

딸기잼과 계란, 감자, 단호박, 양배추, 게맛살, 마요네즈가 들어간 구성이다. 단호박이 들어간 것이 기존 레시피와는 달라 뜬금없어 보였지만 달콤한 단호박과 딸기잼이 은근히 잘 어울리는 궁합이다. 샐러드도 푸짐하게 들어가 한 끼 식사로 먹기에 손색이 없다.

04

3분이면 땡,
컵라면 요모조모

한국인은 국물이 없으면 밥을 못 먹는 민족이라고 했던가. 도시락이나 삼각김밥만 먹다 보면 따뜻한 국물이 나도 모르게 그리워진다. 끓는 물만 부어 3분이면 먹을 수 있는 컵라면은 게으른 자취생들을 구원하기 위한 완전식품(?)이라고 해도 과언이 아니다.

컵라면은 어떻게 세상에 나오게 됐을까? 1958년 세계 최초로 인스턴트 라면을 개발한 일본 식품 회사 '닛신'의 회장 안도 모모후쿠는 라면 시장이 포화 상태에 이르자 새로운 돌파구를 찾고자 했다. 이 과정에서 서양의 가정에서는 면을 끓이기도 애매하고 담을 그릇도 마땅치 않다는 사실을 알게 되었고, 많은 연구 끝에 1971년 면을 처음부터 일회용 용기에 담아 뜨거운 물만 부으면 3분 뒤에 먹을 수 있는 새로운 라면 제품을 만들었다. 또 한 번의 세계 최초, 컵라면을 개발한 것이다.

우리나라에서 컵라면이 처음 출시된 것은 1972년이다. 삼양에서 '삼양컵라면'이라는 이름으로 출시하였으나 판매량이 높은 편은 아니었다. 컵라면이 본격적으로 인기를 끌게 된 시기는 1981년이다. 당시 농심에서 '사발면'이라는 이름으로 컵라면을 출시했는데 '3분이면 조리 끝'이라는 편리함을 내세워 젊은 층을 대상으로 인기를 끄는 데 성공하였다. 1989년 이후, 우리나라에 편의점이 대중화되면서 컵라면은 제2의 전성기를 맞이하게 되었다. 국물을 좋아하는 우리나라 사람들에게 편의점에서 바로 먹을 수 있는 뜨겁고 얼큰한 국물은 거부할 수 없는 유혹이었을 것이다. 최근에는 편의점에서 한정으로 나오는 PB 상품들도 늘어나면서 인기가 식을 줄 모른다.

컵라면과 편의점의 만남

GS25 틈새라면

1981년에 개업한 유명 라면 체인점 '틈새라면'과 제휴한 컵라면. 틈새라면 특유의 매운맛을 살린 국물이 특징이다. 입 안이 얼얼해질 만큼 알싸하고 매콤한 국물이 그야말로 신라면도 울고 가는 사나이 울리는 매운맛. 맵기로 소문난 불닭볶음면보다 두 배 가까이 맵다고 한다.

GS25 공화춘 짜장, 공화춘 짬뽕

1905년에 개업한 우리나라 최초의 중국집 '공화춘'의 라이센스를 얻어 개발한 컵라면이다. 공화춘 짜장은 분말이나 페이스트 타입의 소스를 쓰는 기존 짜장 컵라면과는 달리 레토르트 짜장을 넣어 고급스러운 맛을 느낄 수 있다. 짬뽕은 칼칼하면서도 얼큰한 국물이 해장용으로 딱이다.

세븐일레븐 동원참치라면

참치 통조림의 명가인 동원과 세븐일레븐이 제휴해 만든
컵라면이다. 동원참치 파우치가 동봉돼 있어 라면에 같
이 넣어 먹거나 반찬으로 먹을 수 있다. 컵라면에 참치를
넣어 먹는 것이 느끼하게 느껴질 수 있지만 마니아층에
겐 매력적인 상품. 해당 상품이 큰 인기를 끌어서일까, 동
원에서는 라면에 넣어 먹기 적절한 참치 파우치가 별도
로 출시되기도 했다.

CU 편스토랑 파래탕면

KBS 예능 프로그램 〈편스토랑〉에 나온 메뉴를 상품화한
컵라면. 파래를 넣어 기운한 맛을 살렸다. 너구리나 오징
어짬뽕처럼 고춧가루 베이스 국물이 아닌 깔끔하고 맑
은 해산물 국물이라는 게 매력 포인트. 하지만 메인으로
내세운 파래 맛이 잘 느껴지지 않는 것은 아쉬운 점이다.
면이나 수프에 파래가 들어간 것 같은 느낌은 드는데 맛
은 희미한 편이다.

이제는 편외점 컵라면으로 광고한다

최근 용기 패키지에 광고를 넣어 상품이나 서비스를 홍

보하는 편의점 전용 컵라면이 늘고 있다. 물을 부으면 3분 동안 기다려야 한다는 컵라면의 특징 때문일까. 면이 익기를 기다리는 동안 광고를 볼 확률이 높기 때문에 광고주들이 선호하는 것 같다.

GS25의 '돈벌라면'은 라면 용기에 삼성증권과 네이버페이 광고를 실었다. 분말수프에는 해외 주식, 건더기 수프는 국내 주식, 별첨 수프에는 펀드라는 이름을 지어 먹는 사람들의 호기심을 자극하는 아이디어가 재미있다. 특히 별첨 수프를 넣기 전에는 평범한 매운 라면이지만 펀드 별첨 수프를 넣는 순간 엄청 매운 라면이 된다. 섣불리 펀드를 하면 인생의 매운맛을 본다는 교훈일까? 이걸 먹는다고 돈을 벌지는 않겠지만 얼큰한 국물이 당길 때 먹으면 좋겠다.

이마트24에서 출시된 '후후민생라면'은 기존 민생 컵라면 용기에 스팸 전화 차단 앱인 후후의 광고를 노출했다. 후후라는 앱 이름과 후후 불어서 먹는 컵라면의 특징이 잘 결합된 상품이다.

컵라면 국물과
편의점 아르바이트생의 고충

학교 근처에 있는 편의점 아르바이트생들을 괴롭게 하는 것 중 하나가 컵라면을 먹고 난 뒤 국물을 제대로 치우지 않고 도망가는 학생들이다. 시식대에 국물을 흘리거나 엎지르는 것은 오히려 양반이다. 어떤 때에는 먹고 남은 컵라면 용기가 완전히 엎어져 면과 국물이 사방에 튀는 끔찍한 참상을 연출하기도 한다. 그때마다 대걸레와 행주로 청소하는 건 아르바이트생들의 몫이다. 먹고 나면 남은 국물은 꼭 깨끗이 치워주세요..

05

자기과시의 시대,
허니버터칩이 쏘아 올린 작은 공

"물건은… 확실한가요?"

"당연하지. 본사에 몇 번이고 전화해서 어렵게 구한 물건인데."

"혹시 짝퉁은 아니죠?"

"내가 그렇게 신용 없이 장사하는 사람 같아?"

"아니에요, 살게요. (물건을 확인한다) 정말 진품이네요!"

조폭영화의 마약 거래 현장이냐고? 아니, 편의점에서 '허니버터칩'을 구하는 사람의 모습이다. 2014년, 한국 과자계를 휩쓸었던 히트 상품은 무엇이었을까? 정답은 말할 것도 없이 해태제과의 허니버터칩이다.

허니버터칩은 일본의 가루비라는 과자 회사에서 기간 한정으로 나온 '행복버터칩'의 레시피를 바탕으로 만든 감자칩 과자이다. 우리가 잘 아는 기본 감자칩에 버터와 꿀을 첨가해 짭짤하면서도 고소하고 달콤한 맛을 동시에 즐길 수 있다. 흔히 '감자칩=짠맛'이라고 생각하는 고정관념을 과감하게 깬 것이 성공 포인트였다.

허니버터칩이 처음부터 인기가 많은 건 아니었다. 갓 출시했을 때는 편의점에서 2+1 할인 판매를 할 정도로 반응이 약했다. 나를 포함해 초창기에 허니버터칩을 정가에 먹어본 몇몇 선택받은 사람들은 '맛있기는 하지만 한 번 나오고 말 상품' 정도로 생각했다.

하지만 출시 후 한 달도 안 돼 상황이 반전되었다. SNS에서 '세상에 없던 맛'이라는 입소문이 퍼지면서 사람들은 편의점에 진열된 허니버터칩을 사재기하기 시작했고, 상품은 금세 동이 났다. 동이 났으면 다시 만들면 될 거 아니냐고 묻겠지만 아무도, 심지어 제조사조차도 예상하지 못한 대박이었기 때문에 재생산은 무기한 연기되었다.

그렇게 한국은 돈이 있어도 허니버터칩을 구할 수 없는 암흑 시대를 맞이하게 된다. 당시에는 허니버터칩을 먹어본 사람보다 먹지 못한 사람이 훨씬 많아서 먹어보지 못한 불쌍한 중생들에게 시식 후기를 들려주는 사람이 있는가 하면(나도 그중 한 명이었다) 중고나라에서는 한 봉지 1,500원짜리인 허니버터칩을 20만 원이라는 말도 안 되는 가격에 파는 모습도 목격됐다. 어디 그뿐이랴. 허니버터 감자칩이 성공하자 다양한 종류의 허니버터 과자, 허니버터 토스트, 허니버터 라테, 허니버터 오징어, 심지어 먹는 것도 아닌 허니버터 핸드크림까지 미투 상품이 쏟아져 나왔다. 한국이 허니버터의 달콤함에 빠져버린 것만 같았다.

1년이 넘은 시간이 흐른 뒤, 해태는 드디어 허니버터칩의 제조 라인을 따로 만들어 대량생산을 하게 된다. 하지만 사람의 마음이란 간사한 것. 다시 편의점에 허니버터칩이 가득 쌓이게 되자 소비자들은 언제 그랬냐는 듯이 허니버터칩이 아닌 다른 신상품에 열광했다. 지금도 편의점의 베스트 상품이지만 그때만큼의 인기는 아니라고 하니 허니버터칩이야말로 자기과시의 시대가 만들어낸 두 번 다시 없을 히트 상품일 것이다.

번외로, 한국에서는 구할 수 없는 허니버터칩을 먹기 위해 일부러 일본까지 여행을 가서 오리지널 행복버터칩을 사 먹는 사람들도 있었다. 한국인이 많이 방문하는 규슈 지역의 마트에서는 "한국 대히트 상품의 원조!"라는 한국어 광고 문구와 함께 행복버터칩을 쌓아놓고 파는 가게가 있을 정도였으니, 허니버터칩의 인기가 얼마나 대단했는지 짐작할 수 있을 것이다. 하지만 아이러니하게도 원조 격인 일본에서는 행복버터칩이 단종되어 이제 구할 수 없는 상품이 되었다.

두 가지 다 먹어본 결과, 허니버터칩이 달콤한 벌꿀 맛을 강조한 반면 행복버터칩은 버터의 고소한 맛이 진하게 났다. 나는 행복버터칩보다 허니버터칩이 훨씬 더 맛있었다.

51

06

매운맛에 진심인 민족, 불닭볶음면

'불닭볶음면'은 삼양식품에서 2012년 4월 출시된 매운맛 볶음면으로 '불닭'이라는 이름답게 혀가 얼얼할 정도로 매운 캡사이신소스의 맛이 인상적이다.

불닭볶음면도 허니버터칩처럼 처음 출시됐을 때에는 의외로 인기가 많지 않았다면 믿어지는가? 초창기 불닭볶음면은 호기심에 한두 번은 먹어 보지만 그 강렬한 매운맛 때문에 대부분 포기하고 일부 매운맛 마니아들만이 먹는 라면이었다.

그러나 인간은 두려움을 모르고 도전하는 생물이라고 했다. 죽을 정도로 맵다는 소문이 SNS를 통해 퍼지면서 매운맛에 도전하는 젊은이들의 힘으로 금세 삼양의 베스트 상품이 되었다. 최근에는 외국인에게도 불닭의 무시무시함이 알려지면서 SNS를 통해 불닭볶음면 챌린지를 하는 사람들이 늘었다.

사람들이 이렇게 폭력적일 정도의 매운맛에 열광하는 이유는 무엇일까 생각했다. 사실 매운맛은 미각이라기보다는 통각에 가깝다. 매운 음식을 먹으면 아픔 때문에 우리 몸의 교감신경이 반응하여 신진대사가 활발해지고 뇌에서 엔도르핀이라는 호르몬을 분비하여 행복감을 느끼게 한다. 매운맛은 어쩌면 매일같이 스트레스를 받는 현대인의 마지막 보루일지도 모르겠다.

끝이 없는 불닭의 진화, 어디까지 갈 것인가

불닭볶음면이 출시된 이래 오랫동안 사랑받은 이유는 한 가지 상품에만 안주한 것이 아니라 새로운 상품을 계속 출시하여 사람들을 질리지 않게 한 것이다.

2017년에 출시한 '까르보불닭볶음면'은 매운 음식을 못 먹는 이들을 위해 기본 불닭볶음면에 크림소스를 추가해 부드러운 맛을 강조했다. 그래도 여전히 맵다. 또, 일반 불닭으로는 부족하다는 소수의 팬층을 위해서 기본 불닭볶음면보다 두 배 매운 '핵불닭볶음면'을 내놓았다. 정말로 두 배 매운 게 맞냐고? 위와 장이 약한 편이라면 섣불리 먹지 않는 걸 추천한다. 이뿐만이 아니다. 삼양은 '짜장불닭볶음면'에 '쫄볶이불닭볶음면', '커리불닭볶음면', '마라불닭볶음면', '쿨불닭볶음면'에 이르기까지 잊을 만하면 한정 상품을 출시해 불닭 덕후들의 열렬한 지지를 얻고 있다.

2019년에는 라면 이외의 상품들도 만들기 시작했다. 냉동식품 제조회사를 인수하며 '불닭만두'와 '불닭볶음밥'을 출시한 것을 시작으로 '불닭떡볶이'와 '불닭김밥', 반숙란에 불닭소스를 찍어 먹는 '핵불닭반숙란'도 출시되었다. 이쯤 되면 불닭소스가 들어가지 않은 음식이 어디에 있나 싶다.

최근에는 불닭 치약과 불닭 립밤도 나왔다. 당연하게도 불닭소스의 맛은 나지 않고, 화한 청량감이 느껴지는 강한 민트 향의 치약과 립밤이다. 그렇지만 바르면 입술이 활활 불탈 것만 같은 느낌이다. 이러다가 세월이 흐르고 흘러 2500년쯤 되면 고대 한국인의 전통 음식으로 김치와 함께 불닭볶음면이 당당하게 자리를 차지할지도 모를 일이다.

✲ 불닭볶음면, 어떻게 드세요?

원리 원칙이 중요한 '소신파'

라면은 회사에서 정해주는 방식으로 만드는 게 제일 맛있다고 생각하는 사람들을 위한 기본 레시피. 끓는 물을 붓고 지정된 시간이 되면 물을 따라 버린 후에 소스를 넣고 비벼준다. 맛있어 보이는 레시피가 아무리 넘쳐도 꿋꿋이 이걸 고수하는 게 포인트이다.

한국인의 후식 '볶음밥 제조파'

불닭볶음면을 먹은 뒤 남은 양념에 삼각김밥의 밥을 넣

어 비빈 후 그 위에 스트링치즈를 얹고 전자레인지에 1분 정도 돌려준다. 마무리로 삼각김밥의 김을 잘게 찢어 김가루처럼 솔솔 뿌려주면 완성. 한 번에 면과 밥 두 가지 메뉴를 즐길 수 있는 실속 레시피이다.

삼각김밥은 기호에 따라 먹어도 좋지만 참치마요를 추천한다. 마요네즈와 참치의 맛이 불닭소스의 매운맛을 중화시켜 더욱 맛있게 먹을 수 있다.

용돈이 두둑할 때 '쓸데없이 고퀄리티파'

면과 소스 외에 푸짐한 토핑이 먹고 싶은 이들을 위한 레시피. 면에 소스를 넣고 비빈 후 좋아하는 토핑을 넣고 전자레인지에 1분 정도 돌려준다. 토핑은 스트링치즈, 비엔나소시지, 반숙란, 게맛살, 냉동 만두, 핫바 등 자신의 취향에 맞는 것을 넣어주자. 개인적인 추천은 게맛살을 찢어 넣은 뒤 치즈를 얹는 것이다. 게맛살의 바다 내음과 고소한 치즈의 맛이 불닭과 잘 어우러진다.

매운 건 죽어도 못 먹는 '마일드 불닭볶음면파'

불닭볶음면을 좋아하지만 매운맛 전투력이 약하다면 이 방법으로 해 먹어도 좋다. 제조할 때 불닭소스를 절반만 투하한 뒤 스트링치즈와 우유 30mL 정도를 넣고 전자레인지에 30초 정도 돌린다. 우유의 부드러운 맛이 더해져 매운 걸 잘 못 먹는 사람도 부담 없이 먹을 수 있다. 우유 대신 마요네즈를 넣으면 고소한 맛이 더해진다. 까르보 불닭볶음면과 비슷해 보이지만 미묘하게 다른 맛.

매운 것+매운 것=맛있는 것 '매운 게 제일 좋아파'

불닭볶음면만으로는 매운맛의 욕망을 채울 수 없다는 마니아를 위한 레시피. 면을 비빌 때 불닭 소스에 고추기름이나 고춧가루를 넣어 매운맛을 더한다. 일각에서는 캡사이신 원액을 뿌리는 만행을 저지르기도 한다. 위험해지기 싫으면 자신의 컨디션을 생각하며 만들어 먹자.

07

죽고 싶지만 떡볶이는 먹고 싶어,
Z세대의 떡볶이 사랑

2019년 한국갤럽에서 조사한 '한국인이 좋아하는 40가지, 한식 편'을 보면 재미있는 결과가 나온다. 2004년, 2014년 설문 때는 항목에 없었던 떡볶이가 2019년에는 1.2%로 당당히 순위를 차지한 것이다. 1.2%라고 하면 별거 아닌 수치라고 생각할 수 있겠지만 주목해야 할 것은 연령별 분포도이다. 40대 이상은 남녀 모두 떡볶이를 제일 좋아하는 한식으로 답하지 않았지만 연령이 낮아질수록 떡볶이를 제일 좋아하는 한식으로 답하는 비중이 높아지고 특히나 10대 여성은 9%, 20대 여성은 5%가 제일 좋아하는 '한식'으로 떡볶이를 꼽았다. 기성세대에게는 달고 자극적이기만 한 불량 식품 취급을 받던 떡볶이가 젊은 세대에게는 당당히 한식이라는 국적을 가지게 된 것이다.

왜 떡볶이가 새삼 주목받는 군것질이 되었을까? 20~30대라면 학교가 끝난 후 용돈을 손에 쥐고 학교 앞 분식집으로 달려가 떡볶이 한 접시와 종이컵에 담아주는 어묵탕 국물을 먹은 기억이 있을 것이다. 그들이 어린 시절 자기 돈으로 사 먹는 첫 외식은 떡볶이가 아니었을까. 집에서는 잘 먹지 않는 맵고 달콤한 자극적인 맛과 쫀득쫀득한 떡의 식감은 어른이 되어서도 그 맛을 잊지 못하게 하는 매력이 있는 것 같다.

그래서인지 편의점에서 떡볶이의 위상도 많이 달라

졌다. 예전에는 떡과 고추장소스만 있는 기본 떡볶이 한 두 종류가 냉장 코너에 구색 맞추기용으로 있었다면 이 제는 다양한 종류의 소스와 토핑이 들어있는 떡볶이가 진열되어 있다. 또한 기본 떡볶이로 만족하지 못하는 사 람들은 스트링치즈나 게맛살, 삼각김밥 등을 추가해 자 신만의 레시피를 만들어 SNS에 공유하기도 한다. 그야 말로 편의점 떡볶이 전성시대이다.

색다른 떡볶이의 향연이 펼쳐지는 편의점

화끈한 매운맛! 불닭떡볶이와 마라떡볶이

불닭볶음면으로 유명한 삼양에서 나온 떡볶이. 불닭볶음 면의 소스를 그대로 떡볶이에 넣어 원조의 매운맛을 느 낄 수 있다. 매운맛이 강해 그냥 먹으면 배가 아플 수 있 으니 삶은 달걀이나 치즈를 넣어 매운맛을 중화시키는 것은 필수다. 떡볶이를 건져 먹고 남은 소스에 삼각김밥 을 넣어 비벼 먹어도 맛있다. 고추장에 마라소스를 첨가 해 마라 특유의 화한 향신료가 느껴지는 마라떡볶이도 인기 메뉴다. 평소 마라탕을 즐겼다면 매력적으로 느껴 질 것이다.

'맵찔이'들을 위한 짜장떡볶이와 까르보나라떡볶이

매운맛에 약한 사람들을 위한 순한 맛 떡볶이. 고추장을
베이스로 한 일반 떡볶이에는 없는 춘장소스 특유의 달
콤함이 느껴진다. 매운 맛에 약한 어린이도 부담 없이 먹
을 수 있다. 크림소스가 들어간 까르보나라떡볶이도 출
시되었다. 이쯤 되면 이것이 떡볶이가 맞는지 의구심이
들 지경이지만 고소한 크림소스와 쫀득한 떡 조합이 잘
어우러진다. 어쩐지 피클과 함께해야 할 것 같은 맛이다.

떡볶이에는 사리가 필수지, 쫄면떡볶이

떡보다는 어묵이나 쫄면, 라면 같은 사리를 더 좋아하는
사람들이 있다. 쫄면떡볶이는 떡볶이보다 딸려 나오는
사리를 선호하는 사람들을 위해 출시되었다. 떡과 함께
쫄면 사리가 들어있어 떡과 사리를 동시에 먹을 수 있다.

인기 분식점의 맛을 집에서, 죠스떡볶이와 청년다방

GS25와 분식 체인점인 죠스떡볶이의 협업으로 만든 떡
볶이가 출시되었다. 죠스떡볶이 특유의 매운맛이 강한
고추장 양념이 절로 느껴진다. 게다가 순대가 토핑으로
들어있는 것이 특징. 떡볶이 국물에 씩어 먹는 순대의 맛
을 아는 사람이라면 꼭 먹어보아야 할 떡볶이다.

　　세븐일레븐과 청년다방이 협업해 만든 차돌떡볶이

는 매운맛보다 달콤함이 좀 더 가미된 고추장 양념이 특징이다. 매운 걸 못 먹는 사람도 한시름 놓고 먹을 수 있다. 건조된 차돌박이와 라면 사리가 토핑으로 들어있어 즉석떡볶이를 먹는 것 같은 푸짐함을 느낄 수 있다.

죽고 싶지만 떡볶이는 먹고 싶어, '죽떡먹'떡볶이

CU에서 2018년 에세이 분야 베스트셀러였던 『죽고 싶지만 떡볶이는 먹고 싶어』와 협업해 떡볶이를 출시했다. 책 표지를 패키지로 사용해 책을 읽었던 사람에게 호기심을 불러일으킨다.

맛은 달콤하고 매콤한 고추장소스의 무난한 국물 떡볶이다. 쫄볶이나 짜장떡볶이, 튀김떡볶이 등 다양한 종류의 떡볶이가 출시되는 요즘 기준으로는 다소 심심하게 느껴진다. 책 제목과는 반대로 자극적인 맛은 약하게 느껴진다.

살기 위해 먹는가, 찍기 위해 먹는가?
SNS 핫템

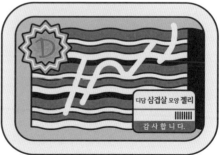

Z세대로 대표되는 10~20대는 하루 대부분이 온라인과 연결되어 있다. TV 대신 유튜브를 시청하고, 신문이나 TV가 아닌 인플루언서와 유튜버를 통해 새로운 상품에 대한 정보를 얻는다. 스마트폰의 등장으로 미디어 권력이 오프라인에서 온라인으로 이동한 것이다. 그들은 자신이 체험하거나 먹은 재미있는 것들을 SNS에 올려 정보를 공유하는 것에 즐거움을 느낀다. 젊은 세대에게는 상품을 고를 때 맛뿐만이 아닌 재미와 즐거움도 구매에 영향을 끼치는 것이다. 소비 과정에서 재미와 즐거움을 추구하는 소비자들을 '펀슈머Fun+Consumer'라고 한다. 이러한 펀슈머들이 트렌드가 되자 편의점들은 맛과 재미를 동시에 잡은 신상품을 출시하고 있다.

인증샷 찍는 재미, 매일우유맛 소프트콘

세븐일레븐의 '매일우유맛 소프트콘'은 인증샷 문화가 상품 개발로 이어진 사례이다. 매일우유를 사용한 프리미엄 아이스크림으로 우유의 맛이 진하다. 구매한 사람들은 편의점에서는 볼 수 없는 고급스러운 맛이라는 평가와 함께 인증샷을 SNS에 올렸다. 맛에 대한 구매자들의 호평은 재구매로 이어져 한겨울에 출시되었음에도 아이스크림 매출 1위를 차지하는 쾌거를 이루었다. 아이스크림에 칸쵸, 홈런볼 같은 과자를 얹어 예쁘게 인증샷을 찍는 것도 유행하면서 더욱더 인기를 끌게 되었다.

요구르트, 거봉, 달걀프라이, 삼겹살…
보는 맛도 충족하는 젤리들

젤리 매대에 가면 딸기, 포도, 오렌지 정도가 젤리의 전부라고 할 수 있었지만 요즘은 다르다. 보기에도 좋고 사진을 찍어 SNS에 올리기도 좋은 재미있는 모양의 젤리들이 소비자를 유혹하고 있다.

요구르트 젤리는 과일 젤리만 있던 젤리 시장에 파란을 일으킨 상품이다. 요구르트병 모양의 패키지에 들어있는 상큼하고 새콤한 요구르트 맛의 젤리가 보는 재미와 함께 먹는 재미를 주었다. 특히 한국을 찾는 중국, 일본 관광객들 사이에서 선물용으로 인기가 좋았다고 한다. 일본으로 수출이 됐을 정도이니 그 인기를 짐작할 수 있다.

거봉 셀리는 믹빙 유튜버들의 리뷰 영상으로 유명해졌다. 실제 거봉처럼 큼직한 젤리를 이쑤시개로 살짝 찌르면 껍질이 벗겨지면서 알맹이가 모습을 드러낸다. 맛

65

도 맛이지만 포도 껍질을 벗기듯 터뜨려 먹는 재미로 인기를 끌었다. 최근에는 거봉 외에도 청포도, 리치 등 다양한 맛의 상품들이 나오고 있다.

달걀프라이 젤리와 삼겹살 젤리도 있다. 실제 그 맛은 나지 않지만 모양을 본떠서 만든 젤리다. 달걀프라이 젤리는 흰색 젤리로 흰자를, 노란색 젤리로 노른자를 표현했다. 나도 모르게 인증샷을 찍고 싶은 귀여운 비주얼이다. 삼겹살 젤리는 빨간색과 흰색의 젤리로 고기와 비계의 마블링을 표현했다. 실제 삼겹살처럼 스티로폼 용기와 랩으로 포장하고 가격표까지 붙여 정육점에서 파는 삼겹살 느낌을 살린 게 재미 요소다.

대구꿀떡을 집 앞 편의점에서

SNS에서 화제가 되었던 디저트 중 하나가 '대구꿀떡'이다. 동글동글한 찰떡을 흑설탕에 버무려 만든 떡으로, 쫀득한 찰떡의 식감과 어느새 떡의 열기에 녹은 흑설탕시럽의 달콤함이 입맛을 단번에 사로잡는다. 하지만 문제는 이 꿀떡이 대구에서만 판다는 것이다. 떡 하나 먹으러 대구까지 가기는 어렵고, 온라인을 통해서 주문하기에는 시간이 걸린다. 한창 인기가 있었을 당시에는 주문량이 너무 밀려 온라인 주문마저 힘들 정도였다.

세븐일레븐의 '달달꿀떡'은 대구에는 갈 수 없지만 꿀떡을 먹고 싶어 하는 소비자들을 위해 대구꿀떡의 맛을 재현해 출시한 상품이다. 먹어보니 오리지널 대구꿀떡과 크게 다르지 않다. 원조의 맛을 먹기 힘들다면 집 앞 편의점으로 달려가자.

호기심을 자극하는 쑥우유와 홍시우유

때로는 먹기 위해서가 아닌 SNS에 올리기 위해 상품을 구매한다. 패키지만 보면 이상한 맛일 것 같지만 무슨 맛인지 궁금해 나도 모르게 사게 되는 경우가 있지 않은가.

CU에서 출시한 '여수 쑥우유'와 '청도 홍시우유'는 패키지만 봐도 이런 우유가 과연 맛이 있을까 고민하게 하는 이색적인 조합이지만 사람들은 오로지 재미를 위해 상품을 사서 인증샷을 올렸다. 먹어보니 맛은 의외로 괜찮은 편. 쑥우유는 쑥의 향긋함과 설탕의 달콤한 맛이 잘 어울린다. 쑥의 향이 강한 것이 어르신들이 좋아할 만하다. 홍시우유는 홍시보다는 메로나의 맛이 좀 더 강한 편이다.

09

해외여행은 못 가지만,
마라탕과 흑당밀크티

2019년 상반기에 한국을 요동치게 한 식품 트렌드는 무엇일까? 바로 '마라'와 '흑당'이다. 중국 음식의 유행으로 인해 SNS에서 마라탕과 흑당밀크티를 먹어본 이들의 반응이 뜨거워지자 제일 발 빠르게 움직인 곳은 다름 아닌 편의점이었다.

세븐일레븐은 마라닭발과 마라닭강정, 마라오징어를 출시해 홈술족의 입맛을 사로잡았고 CU는 마라김밥과 마라탕면, 마라도시락으로 혼밥을 즐기는 이들에게 좋은 반응을 얻었다.

GS25도 이 열풍에서 예외는 아니었다. 대만의 유명 밀크티 전문점인 타이거슈가와 협업한 흑당밀크티 음료를 출시하여 흑낭밀크티 마니아들이 한동안 GS25를 문턱이 닳도록 드나들었다.

해외여행이 힘들어진 지금 시기에 본고장의 맛을 편의점에서라도 간편하게 누릴 수 있는 것이 사람들에게 위로가 되어준다. 시작은 편의점 PB 상품이었지만 지금은 메이저 제조사에서도 마라탕과 흑당밀크티 관련 상품을 속속 출시하고 있다. 이제는 편의점이 제조사보다 한 발 앞서 소비자의 트렌드와 유행을 민감하게 읽어내고 상품화하는 경쟁력을 갖춰나가고 있는 것이다.

10

네가 왜 여기서 나와?
편의점의 이색 협업

✺
아이스크림이 ○○○이 되었다고?
메로나와 빵또아

잡화 매대에서 메로나를 보고 깜짝 놀랐다. 손님이 장난
으로 놔둔 건가 싶은 생각에 냉동고에 다시 넣으려고 보
니 전혀 차갑지 않다. 아이스크림이 아닌 수세미였던 것
이다.

　메로나 수세미는 메로나 모양의 길쭉한 녹색 수세미
에 아이스크림 막대 모양의 나무 손잡이가 달려있다. 텀
블러나 길쭉한 잔을 닦는 데 쓰기 적절해 보인다. 하지만
정작 낡을 것 같아 부엌에 걸어두기만 하고 한 번도 쓰지
않았다. 이게 바로 흔히 이야기하는 예쁜 쓰레기…라기
보다는 예뻐서 사용할 수 없는 생활용품인가. 우리 집에
는 이렇게 사 놓고 귀여워서 끝내 쓰지 못한 생활용품이
백만 개쯤 있다.

　빵또아 수세미는 오리지널 빵또아 포장지를 그대로
사용한 패키지가 재미있다. 멀리서 보면 정말 아이스크
림과 착각할 정도다. 포장을 뜯으면 빵또아와 비슷하게
생긴 수세미가 등장한다. 메로니 수세미의 귀여움에 비
해 일반적인 수세미를 보는 듯한 느낌이다. 그래서인지
우리 집 부엌에서 열심히 일하고 있다.

추억의 그 맛, 스카치캔디

롯데의 인기 상품인 스카치캔디와 협업하여 만든 '스카치캔디빵 카라멜 미니호떡'과 '스카치캔디볼 스낵'. 둘 다 특유의 상징인 백파이프를 연주하는 스코틀랜드 아저씨가 그려져 있다. 이것도 멀리서 보면 빵이나 과자가 아닌 캔디로 느껴질 정도의 싱크로율이다.

캐러멜 미니호떡은 호떡에 들어있는 꿀에서 버터가 살짝 섞인 맛이 느껴진다. 스카치캔디의 고소한 '빠다'맛이 매력적이다. 그냥 먹어도 괜찮지만 팬이나 에어 프라이어에 살짝 데워 먹으면 더 맛있다. 스카치캔디볼 스낵은 옥수수 스낵에 캐러멜 시럽을 코팅해 바삭함과 고소함, 달콤함이 잘 어우러진다.

황제의 변신,
캔디바맛 단지 우유와 바닐라맛 단지 우유

편의점의 베스트 상품인 바나나맛 단지 우유도 시대의 흐름을 거스를 수 없었던 듯, 협업 상품을 출시했다. 빙그레의 베스트 아이스크림인 캔디바와 투게더를 단지 우유에 결합했다.

캔디바맛 단지 우유는 우유에 캔디바 엑기스를 섞은 맛이 난다. 마시다 보면 우유에서 캔디바 특유의 소다 맛이 드러난다. 괴식처럼 느껴질 것을 우려해서인지 캔디바 맛이 예상보다 약하다는 점이 개인적으로 아쉽다. 어떨 때는 화끈하게 지르는 것도 나쁘지 않은데 말이다.

바닐라맛 단지 우유는 우유에 투게더 바닐라 아이스크림을 녹인 듯한 맛이다. 아이스크림의 달콤함과 우유의 고소함은 당연히 잘 어울릴 수밖에. 바닐라아이스크림을 즐긴다면 추천한다. 여기에 설탕이 들어가지 않은 인스턴트커피를 섞어 마시면 바닐라라테가 완성된다.

하지만 아무리 많은 상품이 나온다고 해도 역시 최고 존엄은 바나나맛 단지 우유가 아닐까. 40년 넘도록 사랑받는 스테디셀러답게 나는 원조가 제일 맛있다.

사발면과 포테이토칩이 만나면?

감자칩에 육개장사발면과 김치사발면의 분말수프를 뿌렸다. 감자칩과 사발면이 모두 농심이라는 같은 회사 상품인 만큼 재현 정도가 높은 편이다. 더도 덜도 말고 정확히 감자칩에 사발면 수프를 뿌린 맛이다.

처음엔 낯설었지만 먹다 보니 맛있어서 놀랐다. 바삭바삭한 감자칩에 육개장 국물 맛의 강렬한 MSG가 어우러져 어느 순간 정신을 놓고 계속 먹고 있는 나 자신을 발견한다. 생각해보면 맛이 없을 수 없는 조합이지만 사람에 따라 취향이 갈릴 것 같기도 하다. 감자칩에는 무조건 소금 시즈닝이라는 순수 주의자라면 성에 차지 않을 수 있다. 평소 라면땅을 좋아하거나 과자에 라면수프를 찍어 먹는 걸 좋아했다면 만족스러울 것이다.

이걸 왜? 천마표 시멘트팝콘

아무리 협업 상품이 대세라고 해도 시멘트와 팝콘이라니. 이런 게 나올 거라고는 상상도 못 했다. 이제는 웬만한 상품으로는 명함도 못 내민단 말인가.

세븐일레븐에서 나온 '천마표 시멘트팝콘'은 시멘트로 유명한 천마표와 세븐일레븐이 합작해 만든 상품으로 시멘트 푸대를 본따 만든 레토르한 패키지가 나름대로 정감이 있다. 팝콘에 캐러멜시럽과 함께 은은한 시멘트 색깔의 색소를 첨가해 시멘트의 느낌을 살렸다. 다행히도 맛은 평범한 캐러멜 팝콘이었다. 시멘트 맛은 나지 않으니 안심하세요.

촌스러운 게 제일 힙하다, 편의점 속 뉴트로

기성세대를 '꼰대', '틀딱'이라 부르며 폄하하고 질색하는 요즘 젊은이들이지만 1980년대에 사용하던 델몬트 오렌지주스 유리병이 중고 시장에서 고가에 거래되고 박물관에 들어가야 할 것 같은 30년 전 옛날 상품들이 심심찮게 복각되는 것을 보면, 젊은이들이 정말로 옛날 것들을 싫어하는 게 맞는지 감이 오지 않는다. 오래된 것들을 좋아하면서 진심을 숨기는 것일까.

뉴트로Newtro는 새로움New과 복고Retro의 합성어로 과거의 것들을 현재 감성으로 재해석한 것이다. 중장년층들에게는 옛것에 대한 향수를 불러일으키고, 젊은 세대들에게는 새롭고 신기한 감성으로 다가온다.

어떻게 보면 촌스럽다고 할 수 있는 곰표 밀가루 브랜드에 젊은이들이 열광하는 것도 이러한 레트로 열풍 때문이라고 할 수 있겠다. 대한제분은 1952년에 설립된 밀가루 전문 회사로 옛날에는 동네 슈퍼에서도 곰이 그려진 곰표 밀가루를 쉽게 볼 수 있었지만 사업의 비중을 B2C가 아닌 B2B로 전환하면서 사람들의 인식 속에서는 점차 사라져가는 브랜드였다. 인지도가 점점 떨어지는 것에 대해 고민하던 대한제분 마케팅팀이 생각한 것은 타 상품과의 협업이었다. 특히나 젊은이들이 많이 찾는 유통채널인 편의점을 타깃으로 한 상품들을 의욕적으로 출시했다. 백곰처럼 하얀 미백 효과를 위한 곰표 치약과 곰표 핸드크림을 출시했고 CU와 협업하여 곰표 팝콘과 곰표 나초를 출시했다. 곰표의 트레이드마크 백곰이 그려진 밀가루 포대 같은 봉지에 팝콘과 나초가 가득 들어있다.

세븐일레븐에서는 라면의 원조 삼양식품과 손을 잡고 '삼양라면 1963' 스페셜 패키지를 한정으로 출시했다. 1963년, 라면이 우리나라에 최초로 출시되었을 때의 디자인을 그대로 재현한 것이다. 당시 사용했던 로고와 서체를 활용해 촌스러운 느낌을 살렸다. 찌그러진 양은 냄비에 끓여 먹으면 더 맛있을 것 같다.

레트로 상품이라고 말하기엔 아직 최근 시기 같지만, 과거의 인기 상품이 재출시된 사례로는 '토마토마'가 있다. 토마토마는 2005년 해태제과에서 나온 토마토 맛의 아이스크림으로 토마토주스에 설탕을 살짝 넣어 얼린 듯한 맛이다. 호불호가 갈리긴 하지만 나름대로 인기가 있었는데 갑자기 판매가 중단되어 팬들이 아쉬워했다. 아이스크림 하나 단종되는 것 가지고 무슨 호들갑이냐 싶겠지만 비슷한 맛의 대체재가 없었다는 게 문제였다.

그렇게 10여 년의 세월이 흘러 2017년 어느 여름날, 갑자기 토마토마가 편의점에 모습을 드러내게 된다. 10여 년 동안 토마토마를 먹지 못했던 아이들은 어른이 되어 토마토마를 싹쓸이하기 시작했고 곧 편의점에서 없어서 못 파는 상품이 되었다고 하니 어른이들의 추억 보정은 참 무섭다.

1993년 롯데삼강에서 출시한 아이스크림 '별난바'도 마찬가지이다. 커피와 초코, 두 가지 맛 아이스크림의 조합에 아이스크림을 다 먹으면 막대 사탕이, 막대 사탕을 다 먹으면 아이스크림 스틱을 개조한 피리가 나오는 것이 당시로서나 지금으로서나 획기적인 구성의 상품이다. 한 번에 여러 가지 맛을 즐기고 싶었던 초딩에게는 아이폰이 처음 세상에 나왔을 때만큼이나 혁신적인 상품이었다(호들갑이 심하다).

하지만 원가 부담이 있었는지, 2011년에 단종되어 나를 포함한 많은 팬들을 아쉽게 했다. 그런데 이게 2019년에 편의점에 다시 나온 것이다! 헐레벌떡 달려가 먹어 보니 오리지널과 다르게 막대 사탕이 아닌 탄산 캔디가, 플라스틱 피리는 평범한 나무 막대기가 되었다. 다 먹고 나서 신나게 부는 피리가 별난바의 정체성이었는데…. 어린 시절 좋아했던 첫사랑 오빠가 역변해 돌아온 것만 같은 배신감을 느껴야 했다.

마라와 흑당에 이어 식품업계를 사로잡은 새로운 트렌드는 바로 '할매 입맛'이다. 단팥이나 콩가루, 단호박처럼 노년층이 좋아할 것만 같은 맛이 젊은 연령층에게 주목받았다.

그 대표 주자인 '비비빅'은 유행에 편승해 '흑임자비비빅'과 '단호박비비빅'을 출시했다. 흑임자비비빅은 고소한 검은깨 맛과 부드러운 우유가 조화를 이룬다. 단호박비비빅도 달콤한 단호박의 맛이 입을 즐겁게 한다. 패키지만 보면 어르신들이 좋아할 법한 맛이지만 실제로 먹어보면 세련된 맛이 느껴져 놀랍다. 최근 들어 유독 자극적이기까지 한 맵고 달콤한 맛에 싫증을 느낀 소비자들이 심심한 맛에 끌리는 것이 아닐까?

예능이 만들고 아카데미가 키웠다, 짜파구리

국민 대부분이 알고 있는 짜파구리. 짜장라면인 '짜파게티'와 얼큰한 우동라면인 '너구리'를 섞어 만든 볶음라면으로, 고추기름을 넣은 매콤한 쟁반짜장 같은 맛이 나는 게 특징이다.

짜파구리의 원조가 어디인지는 여러 가지 설이 있다. 경상남도 지역에서 유행하던 '우짜(우동과 짜장을 섞은 요리)'에서 유래되었다는 설도 있고, 군부대에서 전해 내려오던 레시피가 민간으로 흘러 들어온 것이라는 설도 있다.

암암리에 성행해 오던 짜파구리가 전국적인 유명세를 치르게 된 것은 2013년 MBC 육아 예능 프로그램 〈아빠! 어디가?〉에서 윤민수 씨의 아들 윤후가 짜파구리를 흡입하는 장면이 방송되면서부터이다. 방송을 보지 않던 사람들도 호기심에 한 번쯤은 먹어봤다는 후기가 넘쳐날 만큼 열풍이 대단했다.

짜파구리가 다시 스포트라이트를 받게 된 것은 봉준호 감독의 영화 〈기생충〉에서 한우 채끝살 짜파구리를 만들어 먹는 장면 때문이다. 영화가 칸 영화제에서 황금종려상, 아카데미에서 4관왕을 석권하게 되자 짜파구리는 한국을 넘어 전 세계에 알려졌다. 미국에서는 아카데미 수상 기념으로 어느 레스토랑에서 짜파구리를 판매하기도 했다.

SNS에도 저마다 채끝살 짜파구리를 만들어 먹는 인증샷을 올려 봉준호 감독의 4관왕을 축하했다. 기쁜 날을 빙자해 맛있는 음식을 즐기는 것은 우리의 유구한 전통 아니겠는가. 물론 나도 예외는 아니라 SNS에 호주산 채끝살 짜파구리 인증샷을 올리는 걸로 수상을 축하했다 (한우를 살 돈은 없었다…).

그러나 짜파구리에는 치명적인 단점이 있었다. 라면 두 개로 만들기 때문에 혼자 먹기에는 조금은 부담스럽다는 것이었다. 짜파구리조차도 짝이 있어야 먹을 수 있다니. 그런 이들을 위해 농심에서 만든 것이 컵라면 '앵그리짜파구리'이다. 짜파게티와 너구리를 만든 농심에서 나온 상품답게 맛은 원조 짜파구리와 거의 같다. 이제 아싸라도 기쁘게 짜파구리를 즐길 수 있다.

짜파구리, 이렇게 먹으면 더 맛있다!

해물 짜파구리

영화로 채끝살 짜파구리가 유명해졌지만 응용할 방법은 많다. 내가 추천하는 레시피는 모둠 해물 짜파구리이다. 팬에 기름을 살짝 두르고 냉동 모둠 해물을 볶은 뒤 익힌 면과 분말수프를 넣어 센 불에 볶아주면 완성. 해물의 바다 내음과 짜파구리의 매콤하고 달달한 맛이 잘 어울려 고급 삼선짜장을 먹는 기분이 든다.

오징어짬뽕과 함께

짜파구리의 기본 레시피는 짜파게티와 너구리 매운맛의 조합이지만 짜장라면과 매운맛 라면 조합이면 대개 비슷한 맛이 나오기 때문에 저마다 취향에 따른 수많은 레시피가 존재한다. 짜파게티에 오징어짬뽕을 섞은 '오파게티'도 그중 인기다. 진한 오징어의 맛이 짜장면의 달콤한 맛과 잘 어울린다. 매운맛을 좋아한다면 짜파게티와 불닭볶음면도 좋다. 짜파게티의 단맛이 불닭소스의 얼얼한 매운맛을 중화시킨다.

어째서 이런 것들을 만들까?
편의점 괴식

편의점 음식을 다루는 블로그를 운영한 지 벌써 17년. 모든 편의점 음식들이 맛있었던 건 아니다. 어떤 상품은 먹다 보면 화가 나서 상품 개발자와 진지하게 소주 한잔 마시며 이야기를 나누고 싶을 정도였다. 어째서 괴식은 사람들의 악평에도 불구하고 계속 나온단 말인가? 그간 국내외 편의점에서 먹어본 인상적인 괴식들을 소개한다.

새우에 초코를? 초코는새우편

2014년 세븐일레븐에서 출시된 상품으로 당시 열풍이었던 '난싼난짠'의 맛을 새우깡에 결합한 것이다. 새우깡에 초콜릿이 코팅돼 있어 달콤한 초콜릿과 새우깡의 짭조름한 바다 향이 동시에 느껴진다. 괴식이라기보다는 호불호 갈리는 맛에 가깝지만 첫인상은 너무 생소했다. 의외로 숨은 팬이 많아 2020년에 재출시되기도 했다.

　　이후에 출시된 자매품이 '딸기는새우편'이다. 새우깡에 딸기 맛 초콜릿을 코팅했다. 생각보다 저렴한 느낌의 딸기 맛이 강해 애매했다. 역시나 이 상품은 단종 이후 재출시되지 않았다.

따로 먹으면 안 될까, 바나나먹은감자칩

2015년에 출시됐던 상품. 이름만 봐서는 정체를 쉽게 가늠할 수 없다. 감자칩은 보통 소금이랑 바비큐 맛인데 과연 누굴까. 누가 이런 것을 만들어냈을까. 그러나 예상 외로 먹을 만한 과자였다. 기본 감자칩에 바나나 향이 살짝 느껴지는데 감자칩과 바나나킥을 동시에 먹는 듯한 오묘한 맛이 나름 괜찮다.

이게 무슨 조화? 벚꽃향핑크버거

분홍색 색소를 넣은 분홍색 빵에 불고기패티와 양상추, 마요네즈, 양파를 토핑한 햄버거이다. 소스에도 체리 향을 넣어 상큼한 느낌을 더했다고 하지만 다행히 데리야끼 소스에 묻혀 아무 맛도 나지 않는다. 맛 자체는 나쁘지 않지만 추천하기는 애매하다. 우선, 식욕이 별로 돋지 않는 비주얼이라는 것이 문제다. 솔직히 음식에서 분홍색은 체리블로썸라테와 딸기셰이크 정도로 족하지 않은가.

애매하다, 곱창타코 & 닭발타코

매콤하게 조린 곱창과 닭발을 치즈소스에 버무려 토르
티야에 싸 먹는 메뉴다. '곱창타코'는 돼지 곱창을 매콤
한 고춧가루 양념에 볶았는데 설탕의 양이 많은지 단맛
이 강하고 고기 냄새도 있었다. 토르티야에 싸 먹어봤지
만 크게 나아지진 않았다. '닭발타코'는 닭발볶음의 매콤
한 맛이 좋았다. 그러나 토르티야의 존재 이유가 애매했
다. 역시 모든 건 기본이 제일 맛있다.

한정판에 속지 말자,
초콜릿소스볶음면

일본 여행 중에 밸런타인데이 한정이라는 말에 사 먹은
볶음면. 기본 우스터소스에 초콜릿을 더했고 초코 크런
키가 별첨이었다. 만들어 먹어보니 우스터소스의 새콤달
콤한 맛이 강해서 생각 외로 초콜릿소스가 힘을 못 쓰는
느낌이네…라고 생각하는 순간, 혀끝에 학교 앞 문방구
에서 파는 싸구려 초콜릿의 강렬한 맛이 났다. 거기에 초
코 크런키의 바삭한 식감과 달콤한 맛이 더해지니 눈앞

에 지옥도가 펼쳐지는 느낌이었다. 혼자 먹기에는 용기가 없어 친구들과 같이 먹었는데 넷이서 하나를 간신히 먹었을 정도. 이걸 만든 라면 회사는 친구들끼리 주고받는 '의리 초코'라고 하지만, 이런 것을 의리랍시고 선물하면 다시는 너와는 상종하고 싶지 않다고 오해받을 수도 있으니 주의가 필요할 것 같다.

역대급 괴식, 딸기생크림케이크 맛 볶음면

화이트데이 한정으로 나온 일본의 딸기생크림케이크 맛 볶음면. 우스터소스 대신 생크림 맛이 나는 소스를 사용하고 말린 딸기와 마시멜로를 별첨으로 넣었다.

기본적으로는 야키소바와 생크림 맛 소스의 구성인데, 소금을 넣고 반죽해 살짝 짭조름한 맛이 나는 면과 크림 향이 풍기는 달콤한 소스가 절묘하게 어울릴 …리가 없다. 이것의 어디가 볶음면이냐고 만든 사람의 멱살을 짤짤 흔들고 싶은 기분이 든다. 토핑인 새콤한 말린 딸기와 달콤한 마시멜로가 볶음면의 맛을 더욱 끔찍하게 만들어준다. 일본에서만 파는 거니 웬만하면 사 먹을 수 없지만 추천하지 않는다.

아이디어 상품일 수도 있다, 캔 된장국

겨울에 일본 여행을 하다가 자판기에서 캔 된장국을 발견한 적이 있다. 일본에서는 추울 때 따뜻한 커피 한 잔이 아니라 따뜻한 된장국 한 사발이 대세란 말인가? 궁금함을 이기지 못해 하나 사서 마셔봤다.

두부와 유부가 들어간 기본 된장국으로 조미료 전문 회사인 이토엔에서 만든 제품이니만큼 평범하게 맛있는 된장국이었다. 주둥이가 넓은 캔을 사용해 건더기와 함께 된장국을 후루룩 마실 수 있는 게 장점이었다. 자판기에서 파는 이유는 모르겠지만 한겨울에 된장국을 끓이기 귀찮을 때는 나쁘지 않을 것 같다.

귤과 감자의 센세이션한 만남, 귤포테이토칩

친구가 일본에 갔다 와서 너는 이런 거 좋아하지 않느냐며 넌져준 과사가 있었나. 귤 맛이 나는 감사칩이었다. 원재료를 보니 귤과 레몬 파우더 외에 향료, 감미료, 파프리카 색소 등이 들었다. 하나 깨무는 순간 입 안에서 쓰나

미처럼 몰려오는 오렌지분말주스의 향과 시큼하고 달콤한 맛, 그 뒤를 잇는 기름진 감자칩의 맛이 어우러져 뭐라 형용할 수 없는 맛이 혀를 강타했다.

　세상의 모든 감자 요리를 사랑하는 감자 덕후인데 이렇게 맛이 없는 감자칩은 난생처음이었다. 비니거 감자칩처럼 새콤하면서도 짭짤하니 맥주랑 어울리는 맛일 줄 알았는데 웬걸, 이 들쩍지근하고 시큼한 맛은 마치 1980년대 학교 앞 불량 식품 가게에서 10원짜리 오렌지주스 가루를 핥아 먹는 그 느낌이었다.

　한국에서 팔지 않는 것이 다행이다. 호기심에라도 절대로 먹으면 안 되는 과자다. 호기심을 이기지 못해 맛이 궁금하다면 슈퍼에서 과즙 5% 오렌지주스를 사서 감자칩에 말아 먹으면 된다.

14

취향입니다, 존중해 주세요.
호불호 갈리는 편의점의 맛

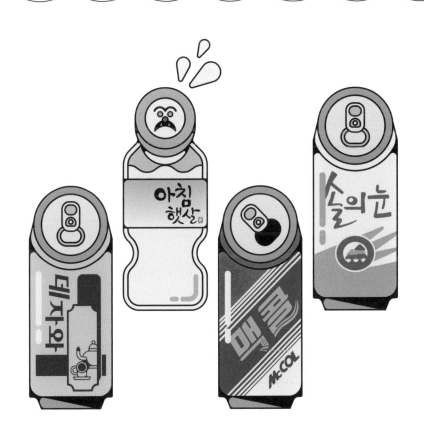

'민초단'을 아시나요? 민트초코 디저트

호불호가 갈리는 맛의 최고봉이라고 할 수 있는 민트초코. 좋아하는 사람들에게는 박하와 초콜릿 조합이 입 안을 상큼하고 달콤하게 하는, 세상에 둘도 없는 디저트이지만 싫어하는 사람들에게는 그저 치약 맛이 감도는 저주받은 맛일 뿐이다.

민트초코는 한국에서 그렇게까지 대중적인 인기를 끌지 않는 맛이다. 박하를 음식에 잘 쓰지 않아서 생소한 느낌에 호불호가 갈리는 걸까? 고백하자면 나도 민트초코를 좋아하지는 않는 편이다. 누가 사준다면야 즐겁게 먹지만 굳이 내 돈을 주고 사 먹지는 않는다.

그래서인지 SNS에서도 잊을 만하면 논쟁이 벌어지는 소재 중 하나다. 민트초코를 좋아하는 사람들은 세상에 다시없을 완전한 맛이며 인성 좋고 예쁜 사람들이 민트초코를 좋아한다고 자기 합리화를 하는 반면, 싫어하는 사람들은 급하면 집에 있는 페리오치약도 짜 먹을 사람들이라며 질색한다.

누가 처음으로 초콜릿과 박하를 함께 먹을 생각을 한 걸까? 민트초코는 의외로 생긴 지 얼마 안 되었다. 1973년, 영국 왕실에서 열린 디저트 콘테스트에서 민트와 초코, 두 가지 맛을 섞은 아이스크림이 출품되며 처음 등장했다. 역시 세상의 끔찍한 것은 다 영국에서 만든다는 이야기는 진짜였다.

전에는 민트초코를 먹으려면 배스킨라빈스에 가서 민트초코 아이스크림을 사 먹거나 해외 직구 등으로 사 먹었지만 최근에는 민트초코 덕후들에게도 한 줄기 빛이 비치고 있다. 편의점 디저트의 종류가 다양화되면서 민트초코를 넣은 상품이 하나둘 만들어지고 있는 것이다. 제일 기본인 민트초코아이스크림부터 초콜릿케이크에 민트크림을 샌딩한 민트초코케이크, 바삭한 코크 사이에 민트초코크림을 끼운 마카롱까지, 이제는 민트초코를 먹기 위해 고생을 하지 않아도 된다. 치약 맛이면 어떤가, 본인이 맛있다면 그걸로 충분하지 않은가.

음료수 호불호 4대장

SNS에서 호불호가 갈리는 음료로 악명을 떨치고 있는 '맥콜, 데자와, 솔의눈, 아침햇살'. 그런 걸 왜 마시는지 이해하지 못하는 사람들도 있지만, 히루에 한 번은 꼭 먹어 줘야 한다는 열성 팬도 존재한다. 누군가에게는 괴식이지만 다른 누군가에게는 미식이다.

맥콜

1982년에 출시되어 호불호 4대 음료 중 제일 고참이다. 보리 '맥' 한자에 콜라 '콜'을 붙여 만든 이름으로 보리 음료에 탄산과 설탕을 섞어 만들었다. 달콤한 탄산에 보리의 구수한 맛이 느껴지는 게 특징. 그래서 싫어하는 사람들은 보리차에 설탕 섞은 맛이라며 매도하기도 한다.

탄산음료치고는 특이하게도 비타민 B와 C의 함유량이 높다. 제품의 주재료인 보리에 영양소가 풍부하게 함유돼 있어 그렇다고 한다. 처음 출시되었던 1980년대에는 보리를 사용한 건강 음료로 홍보했는데, 그럼 저알콜 보리 음료인 맥주도 건강음료인가?

1990년대에는 콜라, 사이다에 버금가는 인기를 누렸지만 2000년대 이후 과즙이 들어간 탄산음료나 탄산수 등 탄산음료의 종류가 다양해지면서 인기가 시들해진 비운의 상품이다. 가끔 옛 생각이 나 편의점에서 사 먹으면 아재 취향이냐는 이야기를 들을 정도다. 그래도 아직은 대부분의 편의점에서 꾸준히 판매되고 있는 장수 상품이다.

데자와

1997년에 나온 한국 최초의 밀크티 음료. 날 듯 말 듯 희미한 홍차 향과 밀크티에 물을 탄 것 같은 묽은 맛이 엄

밀하게 말하자면 밀크티라기보다는 밀크티와 비슷한 무언가에 가깝다. 싫어하는 사람들은 화장품 향이 난다거나 기타 이유로 싫어하지만 좋아하는 사람들은 박스로 사다 놓고 먹을 정도로 좋아한다.

　지금은 곳곳에 홍차 전문점이 있고 편의점에서도 각종 밀크티 음료가 쏟아져 나오지만 예전에는 홍차를 즐기는 사람들이 거의 없어서 데자와가 편의점에서 밀크티를 맛볼 수 있는 유일무이한 상품이다시피 했다. 인기가 없어 주문하지 않는 편의점이 많았기 때문에 데자와 덕후들은 근처 편의점을 돌아다니며 매일 살 테니 꼭 주문해 달라고 사장님들에게 요청하는 경우도 허다할 정도.

　최근 몇 년 사이 밀크티 붐이 불면서 소외당하던 밀크티 덕후들에게도 희망이 생겼다. 로열밀크티에 연유밀크티, 민트밀크티에 대만 흑당밀크티까지. 이제는 원하는 맛을 골라 먹을 수 있게 된 것. 하지만 훨씬 고급스럽고 맛있는 밀크티가 편의점에 있다고 해도 가끔 데자와의 촌스럽고 인공적인 맛이 당기는 날이 있다. 오늘날의 밀크티 열풍도 어쩌면 20여 년간 묵묵히 자리를 지켜온 데자와의 공로가 아닐까?

아침햇살

웅진식품에서 나온 쌀로 만든 음료. 막걸리에서 알코올

을 빼고 설탕을 첨가한 느낌이랄까? 쌀의 걸쭉하고 고소한 맛과 은은한 단맛의 조합이 은근히 매력적이다. 쌀이 들어있어서 그런지 먹고 나면 든든한 기분마저 든다. 아침햇살은 호불호가 갈린다기보다 흔히 말하는 할매 입맛 음료인 것 같다. 마시고 있으면 할아버지 입맛이냐며 놀림당한 적이 한두 번이 아니었으므로.

솔의눈

1995년에 나온 음료로 호불호 4인방 중 논란이 제일 심한 음료이다. 솔잎 싹눈 엑기스가 함유되어 있어 마시면 화한 솔잎 향이 느껴진다. 취향을 대부분 존중하지만 이건 왜 마시는지 도대체 이해하기 힘들다(물론 마시는 사람에게는 뭐라고 하지 않는다). 맛있게 마시는 사람들 입장에서야 상쾌한 숲속의 향이지만 왜 굳이 음료에서 숲속의 향을 추구하는 걸까 싶다. 솔잎은 송편 찌는 데 가장 잘 어울리는 것 같다고 주장해 본다.

SNS 평을 살펴봐도 호평보다는 악평이 많은 음료인데 20여 년이 훨씬 넘게 지난 지금까지도 꿋꿋하게 살아남은 게 신기하다. 판매되고 있으므로 명맥을 유지하는 걸 텐데 어째서인지 내 주변에는 솔의눈을 마시는 사람이 한 명도 없다. 그 이전에 편의점에서 아르바이트했을 때도 사 간 사람을 못 봤단 말이에요…. 맥콜, 데자와, 아침햇살은 그래도 꽤 잘 나가는 상품이란 말입니다!

궁금한 마음에 찾아보니 황사가 심해지는 4~5월에 특히나 판매가 늘어난다고 한다. 솔의눈에 함유된 솔 싹의 추출물은 노폐물 제거와 항바이러스, 혈액순환 등에 효과가 있다. 역시 다들 몸에 좋다니까 마시고 있었던 거군요.

팬층이 있어서일까? 세븐일레븐에서는 2020년에 '솔의눈 캔디'를 출시했다. 오리지널 음료보다는 솔잎 특유의 향이 적고 단맛이 강한 편이었다. 솔잎 향이 살짝 풍기는 달콤한 목캔디를 생각하면 될 것 같다.

여담으로, 솔의눈의 주성분인 솔잎 싹눈 엑기스는 무려 스위스산이라고 한다. 솔의눈을 마시면 스위스 융프라우의 소나무 숲에서 뛰노는 듯한 향을 느낄 수 있는 셈이다. 동네 뒷산에서 뛰노는 것보다 좀 있어 보이지 않는가.

라떼는 말이야… 815콜라

혹시 '815콜라'를 아시나요? 축하합니다. 아신다면 당신은 아재 확정입니다. 1990년대 중반 이후에 태어난 사람들이라면 이름조차 생소할 것 같은 815콜라는 1998년 범양식품에서 출시한 국산 콜라다. 범양식품은 원래 미국 코카콜라에서 원액을 공급받아 라이센스로 코카콜라를 생산하던 회사로, 한국에서 음료 시장이 커지며 코카콜라 본사가 범양과의 계약을 해지하고 한국 코카콜라를 설립하자 독자 브랜드를 생산, 판매하게 되었다.

그때 내세운 광고 문구가 "콜라 독립 전쟁"이었다. 신문광고에서도 커다란 태극기와 함께 815콜라 페트병을 게재해 애국심을 자극하는 마케팅을 했다. IMF로 애국심 마케팅이 한창일 때라 우리 것을 애용하자는 호소는 소비자들에게 많은 호응을 얻었다. 오리지널 코카콜라를 만들던 회사라 맛이 크게 다르지 않을 것이라는 기대감도 한몫했다. 제일 중요했던 것은 코카콜라와 펩시보다 살짝 저렴했던 가격이었다. 815콜라가 나오고 한동안은 교회와 학교 모임엔 언제나 815콜라가 함께했다. 이렇게 애국심에 호소하는 마케팅을 펼친 결과 1999년에는 시장 점유율이 약 14%에 육박할 정도로 성장했다.

하지만 815 콜라에는 크나큰 문제점이 있었으니 그건 바로 맛이 없었다는 것. 콜라를 흉내 냈지만 확연히 다른 들쩍지근한 맛과 김빠진 듯한 탄산의 느낌은 한 입 마시는 순간 애국심으로도 해결할 수 없는 게 있다는 사실을 깨닫게 되었다. 애초에 코카콜라의 제조 과정에 참여한 것이 아니라 단순히 본사에서 원액을 받아 희석하기만 했던 것이기 때문에 콜라의 맛을 100% 재현하기에는 한계가 있었던 것이다. 사람들은 의리 차원에서 한두 번은 마셨지만, 결국 입맛을 따라 코카콜라와 펩시로 돌아가는 현상이 펼쳐졌다. 결국 판매량이 서서히 줄어든 815콜라는 2004년에 생산을 중단하고 범양식품은 2005년에 파산선고를 받게 되었다.

기억 속에서만 존재하던 815콜라지만 2016년, 브랜드를 인수한 웅진식품에서 재출시하며 다시 세상에 모습을 드러냈다. 마셔보니 오히려 기억 속의 815콜라보다는 훨씬 맛있어서 놀랐다. 물론 오리지널 콜라에는 못 미쳤지만. 그러나 815콜라는 현재도 큰 주목을 받지 못하고 있다. 아무리 애국심이 좋다고 해도 맛의 장벽을 넘기란 어려운 것 같다.

가슴에 3,000원이 없어도 된다,
편의점 겨울 메뉴

SNS에서 본 유머 중 겨울이 되면 가슴에 3,000원쯤은 준비하라는 말이 있었다. 군고구마에 호떡, 붕어빵에 어묵 등 겨울에 맛볼 수 있는 길거리 간식을 사 먹기 위해서는 주머니에 현금을 준비해 놓으라는 명언이었다. 하지만 이제는 길거리 노점을 찾기 위해 길거리를 헤맬 필요도, 현금을 준비해야 할 필요도 없다. 편의점에 가면 노점 부럽지 않은 주전부리가 우리를 기다리고 있기 때문이다.

겨울에는 따끈따끈한 호빵

'편의점 겨울 간식' 하면 바로 생각나는 건 호빵이다. 띠끈따끈한 호빵을 호호 불어가며 먹는 맛이야말로 겨울철의 별미 중 하나일 것이다.

호빵이란 이름이 삼립에서 만들어낸 상호라는 걸 알고 있는 사람은 별로 없을 것이다. 삼립에서 호빵을 처음으로 만들어낸 건 1971년이다. 1968년 당시 일본으로 시장조사를 갔던 창업자 허창성이 겨울에 따뜻하게 데워서 팔던 찐빵에서 아이디어를 얻어 개발한 상품으로 1년간 각고의 노력 끝에 출시했다. 제품명을 시을 딩시 찜기에 쪄서 따끈한 상태로 먹기 때문에 '호호 불어 먹는 빵'이라고 해서 호빵이라는 이름이 붙었다.

처음 호빵의 가격은 20원으로 당시 대부분의 빵이 5원 정도였던 것을 감안하면 무려 4배나 비싼 고가의 간식이었다. 그래서 과연 이 새로운 상품이 잘 팔릴지 걱정하는 사람들도 있었다고 한다. 우려와는 달리 호빵은 출시하자마자 큰 인기를 끌며 삼립의 베스트 상품으로 자리 잡았고 "찬 바람이 싸늘하게 두 뺨을 스치면 따스하던 삼립호빵 몹시도 그리웁구나."라는 CM송은 나온 지 50여 년이 지난 지금도 여전히 사랑받고 있다.

호빵의 대표적인 맛은 단팥과 야채다. 달콤한 팥이 빵빵하게 들어찬 단팥호빵과 고기와 야채가 들어가 고기만두를 먹는 느낌으로 먹을 수 있는 야채호빵. 호빵을 먹을 때 짜장면이냐 짬뽕이냐의 고민처럼 우리를 고민에 빠지게 한다. 피자호빵은 1990년대 초반에 나온 비교적 새로운 맛의 호빵이다. 피자에 쓰이는 소스와 야채, 안에 들어간 치즈의 이국적인 조합이 서구적인 맛을 동경하는 아이들에게 큰 호응을 이끌어냈다.

이에 더해 편의점들은 매년 시즌 한정으로 신상품을 출시한다. 얼얼한 매운맛의 불닭호빵, 든든한 한 끼 식사로도 좋은 불고기호빵과 잡채호빵, 달콤한 디저트를 원하는 사람들을 위한 초콜릿호빵과 커스터드크림호빵까지 매년 새로워지는 호빵이 우리의 입을 즐겁게 한다.

찜기에 쪄서 나오는 게 아닌 낱개로 포장되어 전자

레인지에 데워 먹는 호빵도 출시됐다. 공간 문제로 찜기가 없는 편의점도 많고, 바로 먹는 게 아닌 집에서 데워 먹는 사람들도 많기 때문에 나오게 되었다. 하지만 역시 겨울철 호빵의 진리는 찜기에서 갓 꺼내어 호호 불어가며 먹는 그 맛이 아닐까.

드럼통은 잊어라,
편의점에서 구워주는 군고구마

예전에는 겨울이 되면 리어카에 드럼통을 싣고 돌아다니며 장작불로 고구마를 구워주는 군고구마 아저씨가 있었다. 군고구마 리어카가 어디론가 사라진 뒤(그런데 정말 그 많던 리어카는 도대체 어디로 사라진 걸까?) 그 빈 자리를 대신한 것은 다름 아닌 편의점이다.

물론 편의점에 드럼통을 설치할 수는 없다. 편의점에 맞게 매장에 오븐을 설치하여 고구마를 구운 뒤 뜨겁게 달군 돌 위에 진열해 판매하고 있다. 드럼통에서 장작으로 구워주는 고구마에 뒤지지 않는 맛이다. 겨울이 지나도 판매하는 경우가 있어서 한겨울이 아니더라도 오랫동안 군고구마를 맛볼 수 있다. 최근에는 오븐 한쪽에 군고구마뿐만 아니라 구운 감자도 팔고 있다. 가벼운 아침

103

식사를 원한다면 사 먹어보자.

편의점 어묵

많지는 않지만 겨울이 되면 어묵을 파는 편의점들이 있다. 추운 겨울, 점포에 들어가면 확 퍼지는 온기와 어묵 냄새가 나도 모르게 손이 가게 된다. 편의점에서 어묵까지 파는구나 싶지만 바깥에서 먼지를 맞는 노점 어묵보다는 나은 것 같다. 삼각김밥을 사서 국물과 같이 먹는 것도 실패 없는 좋은 조합이다.

16

혼자라도 야무지게 해 먹자,
나의 자취 요리 담사기

처음 자취 생활을 시작했을 때는 매일 제대로 밥을 챙겨 먹겠다는 야망이 있었다. 몇 달 동안 쌀과 조미료, 각종 식자재를 사서 저녁을 만들어 먹었다. 그러나 계속되는 야근에 회사에서 한 시간 넘게 걸리는 위치에 있는 집, 회사에서 야식을 먹고 돌아오면 피곤해서 바로 자는 일상이 이어졌고 나중에는 밥을 하는 날보다 하지 않는 날이 더 많아졌다. 이렇게 지친 하루하루를 살다 보니 결국은 직접 해 먹을 바에야 사 먹는 게 훨씬 경제적이라는 결론을 내렸다. 매일 뭘 먹어야 할지 고민되고, 요리하는 데 지친 자취생을 위한 편의점 간단 요리 아이템들이 있다.

자취생의 구원템, 즉석 밥

야근하고 돌아오면 늦은 밤. 배는 고파 죽을 것 같은데 지금부터 쌀을 씻어서 불리기 시작하면 새벽에나 밥을 먹게 될 것이다. 이럴 때 배고픈 자취생을 구원해 주는 것이 즉석 밥이다. 즉석 밥이 없었다면 아마 지금쯤 전국의 수많은 요리 못하는 자취생들은 굶주림으로 멸종했을지도 모른다.

'햇반'이라는 이름으로 더 잘 알려진 즉석 밥은 1996년에 CJ에서 처음으로 출시되었다. 출시 후 몇 년간은 큰 인기를 끌지 못했다고 한다. 당시만 해도 포장되어 상온에 진열된 밥은 맛이 없고 비위생적이라는 인식이 널리 퍼져있었기 때문이다. 2000년대에 들어 1인 가구가 증가하고 전자레인지의 보급이 확대되자 즉석 밥의 판매량은 늘어나게 되었고 지금은 자취생분만 아니라 주부들도 일상적으로 이용하는 상품이 되었다. 솔직히 내가 만든 망한 밥보다 즉석 밥이 맛있는 경우가 많았다.

기본 쌀밥만 있던 구성에서 시대의 변화와 고객의 요구에 맞춰 다양한 상품들이 나오기 시작했다. 빅 사이즈 즉석 밥, 미니 사이즈 즉석 밥은 물론이고 건강을 신경 쓰는 사람들을 타깃으로 한 현미나 잡곡이 들어간 상품들도 출시되고 있다.

즉석 컵밥도 주목받는 상품이다. 종이로 된 용기에 즉석 밥과 함께 레토르트 소스나 국이 들어있어 한 번에 식사를 해결할 수 있는 게 장점이다. 편의점에서는 강력한 라이벌인 도시락과 경쟁하는 중이다.

3분이면 끝, 즉석 국

밥 먹을 때 빠질 수 없는 게 따끈한 국 한 그릇이다. 반찬이 없어도 밥에 국 하나, 김치 정도만 있어도 그럴듯한 한 끼 식사가 차려지는 마법의 아이템이다. 오뚜기의 동결건조 즉석 국은 건조된 블록이 1인분씩 포장돼 있어 냄비에 물만 넣고 끓이면 국 한 그릇이 순식간에 뚝딱 완성된다. 국물 맛은 그럭저럭 괜찮지만 건더기가 살짝 부실하다는 게 아쉬운 점이다.

최근에는 끓는 물에 데워 먹는 레토르트 국과 찌개도 판매되고 있다. 미역국이나 북엇국 정도만 있는 동결건조 즉석 국과는 달리 김치찌개부터 곰탕, 육개장, 부대찌개 등 종류도 다양하고 건더기도 푸짐하게 들어있다. 맛도 그럴싸해 직접 만든 국보다 맛있을 때도 있다. 다만 가격이 은근히 비싸다는 게 단점이다. 이걸 사고 밥을 따로 짓느니 편의점 도시락을 먹는 것이 낫지 않을까 하는 생각이 들기도 한다.

오뚜기의 '미역국라면'도 자취생의 필수 아이템 중 하나다. 미역국 베이스에 라면이 들어있어 미역국에 국수를 말아 먹은 것 같은 든든함을 느낄 수 있다. 평소에 미역국에 밥이나 면을 말아 먹는 걸 좋아했다면 맛있게 먹을 수 있다. 생일날 저녁, 이걸 사서 혼자 끓여 먹으면 세상에 버림받고 나 홀로 있는 것 같은 느낌이 들게 하는 아이템이기도 하다.

어묵탕 국물을 티백으로 만든 이색 상품도 있다. '죠스어묵티'는 분식 체인점인 죠스떡볶이의 어묵탕을 티백

으로 만든 것이다. 떡볶이집 어묵탕 특유의 살짝 얼큰한
뒷맛의 멸치 국물을 잘 재현했다. 머그잔 한 컵 분량이라
도시락을 먹을 때 곁들이기에도 좋다. 다만 어묵탕이라
고 하면서 정작 어묵 건더기는 없는 게 함정.

얹기만 하면 되는 레토르트 식품

데워서 밥에 얹어서 먹기만 하면 되는 레토르트 식품도
자취생을 구원한다. 밥만 있고 국도, 반찬도 없을 때 간단
하게 차려 먹을 수 있다. 소비자로서 소소한 불만이 하나
있다면 종류가 적다는 것이다. 미트볼이나 나른 덮밥류
도 있지만 보통 편의점에서 파는 소스가 짜장 아니면 카
레 두 가지라서 선택의 폭이 좁다. 덮밥이 질린다면 삶은
파스타에 얹어 비벼 먹을 수 있는 파스타소스에 도전해
봐도 좋겠다.

언제까지고 먹을 수 있는 통조림

자취하면 햇반과 함께 제일 많이 쟁여두는 것이 통조림
일 것이다. 유통기간이 길어 보관하기 편하고 캔만 따면

바로 먹을 수 있어 자취생들의 비상식량으로 사랑받고
있다.

참치

라면과 함께 1인 가구의 구세주인 참치 통조림. 맛에 호
불호가 별로 없고 가격도 저렴하다. 귀찮으면 그냥 따서
밥과 같이 먹어도 되고 밥에 참치 통조림과 냉장고에 있
던 반찬들, 고추장을 넣고 비비면 어느새 비빔밥이 완성
된다. 김치와 다진 마늘, 파, 물을 넣고 자글자글 끓이면
김치찌개로 변신한다.

이도 저도 귀찮으면 고추참치나 야채참치처럼 미리
조미되어 있는 참치도 좋다. 아주 먼 옛날 1980년대 초
반, 참치 통조림이 처음 나왔을 때는 제일 기본인 소금
간만 되어있는 참치밖에 없었다. 참치 통조림을 그냥 먹
지 않고 요리에 활용하는 사람들이 늘어나면서 고추참치
나 야채참치, 김치찌개용 참치 등 양념이 첨가된 참치가
출시된 것이다. 입맛이나 만들고자 하는 요리에 따라 골
라서 사용해 보자.

스팸

출생지는 미국인데 어느새 한국인의 소울 푸드가 되어버
린 스팸. 미국에서는 오히려 가난한 사람들이 먹는 정크

푸드라는 인식이 있다. 우리나라 자취생들이 명절에 받고 싶어 하는 선물 중 하나가 스팸 선물 세트라는 걸 생각하면 신기한 이야기다. 바보 같은 양인들. 스팸을 팬에 구워서 흰쌀밥에 처억 얹어 먹으면 얼마나 맛있는데…! 밥과도 잘 어울리지만 라면에 소시지, 김치 등을 넣고 끓여 부대찌개 느낌으로 먹는 것도 맛있다. 다른 통조림에 비해 비싸 자주 사 먹을 수 없는 게 유일한 단점이다.

깻잎

밥에는 역시 짭짤한 밑반찬이 제격이다. 반찬 가게에서 사 먹어도 좋지만, 혼자 먹기에 양이 많아 다 소진하기도 전에 냉장고 안에서 썩어간다. 이럴 때 좋은 게 깻잎 통조림. 통조림이라 유통기간도 길고, 맛도 반찬 가게에서 파는 깻잎장아찌와 크게 다르지 않다.

깻잎 통조림은 1976년에 출시된 장수 상품이다. 생선이나 과일 통조림밖에 없던 그때 한국인의 입맛에 딱 맞는 반찬 통조림은 큰 인기를 끌었다. 따끈한 밥에 짭쪼름한 깻잎 한 장 얹어 먹으면 다른 반찬이 필요 없다. 장거리 해외여행을 갈 때도 캐리어에 넣어두면 든든한 아이템이다.

111

김치

집에서 밥을 해 먹을 때가 많지 않은 나 같은 자취생에게 유용한 아이템. 김치가 먹고 싶을 때는 편의점에서 소용량 팩 김치를 사곤 했다. 대용량으로 사는 것보다 가성비가 좋지 않지만 음식 쓰레기 걱정이 없기 때문에 오히려 낫다. 배추김치를 시작으로 1인 가구를 위해 볶음김치나 열무김치, 파김치, 갓김치, 총각김치 등 여러 가지 종류의 김치를 팔고 있다.

오늘은 나도 요리사가 되고 싶을 때

편의점 음식과 레토르트 식품으로 연명하는 나. 그렇지만 가끔 요리 본능이 끓어오를 때가 있다. 하지만 크나큰 문제가 있었으니, 자취생이 요리할 때 가장 신경이 쓰이는 건 재료를 구하는 것. 고기나 생선은 남으면 냉동실에 보관하면 되지만(이것도 오래 보관하면 상하니 가급적 빨리 먹어야 한다) 채소는 빨리 쓰지 않으면 아무리 냉장고에 보관하더라도 금방 상하게 된다.

제가 예전에 싸다는 말에 동네 시장에서 양파 한 망을 샀다가 안 그래도 좁은 자취방이 열대우림이 되었던 적이 있는데요….

이럴 때 편의점이 유용하다. 주택가나 원룸촌 근처의 편의점은 신선 코너를 따로 마련해 양파나 파, 계란, 샐러드용 채소 등을 소포장으로 판매하고 있다. 버리는 것보다 나으니 가격이 조금 비싼 건 신경 쓰지 않도록 하자. 현관문 앞까지 배송해 주는 온라인 마켓도 있지만 갑자기 재료가 필요할 때에는 바로 집 앞에 있는 편의점이야말로 진정한 구세주다.

17

퇴근 후 한 잔,
편의점 포차

여럿이 어울려 취할 때까지 마시는 것보다 집에서 가볍게 술을 즐기는 풍경이 낯설지 않게 되었다. 주 52시간 근무로 회식이 줄고 집에서 보내는 시간이 늘어난 것도 홈술 트렌드에 일조하고 있다. 혼자서 술을 마시는 게 아직 어색하더라도 느긋한 주말, 가볍게 맥주 한 잔부터 시작하는 건 어떨까? 물론 적은 양이라고 매일 마시다 보면 습관성 알코올 중독이 될 수도 있으니 조심하자.

4캔 만 원의 유혹, 수입 맥주

홈술이라고 해도 집에서 혼자 소주를 마시는 건 왠지 저량하고, 와인은 조금 무게를 잡아야 할 것만 같다. 그럴 때 집에서 가볍게 마실 수 있는 게 맥주다. 맥주를 사러 편의점에 가면 냉장고 앞에서 시작되는 작은 고민. 국산 맥주를 마실까, 수입 맥주를 마실까?

　국산 맥주가 익숙한 맛이고 수입 맥주보다 저렴하지만 맥주 한 캔 정도야 나를 위한 작은 사치가 아닌가 하는 생각에 높은 빈도로 수입 맥주를 집어 든다. 집에 콕 박혀 마시는 술이지만 미국부터 멕시코, 중국, 독일, 체코까지 전 세계의 맥주를 세계 여행 하듯이 한 번에 즐길 수 있는 것도 수입 맥주를 마시게 되는 또 다른 이유다.

115

편의점에서 매일 하는 '맥주 4캔에 만 원' 행사도 편의점에서 맥주를 사게 하는 자기 합리화 중에 하나다. 딱 한 캔만 사러 갔다가도 한 캔에 3,000원이 넘는 가격을 보고 그냥 4캔을 사서 돌아오는 경우가 허다하지 않은가. 한 번에 다 마시지는 못하지만 두고두고 마시자는 생각에 언제나 4캔을 선택하게 된다.

수입 맥주 열풍이 불면서 국산 수제 맥주도 편의점에 등장했다. 흔히 마시는 대형 브랜드의 국산 맥주에 질린 이들이 소규모 양조장에서 만드는 수제 맥주의 매력에 빠진 것이다.

수제 맥주를 파는 것에서 더 나아가 편의점만의 오리지널 맥주를 개발하는 경우도 있다. CU에서는 소맥분 회사인 대한제분, 맥주 제조사 세븐브로이와 함께 '곰표 밀맥주'를 출시했다. 밀가루 브랜드 곰표를 이미지화하여 밀맥주 상품으로 만든 것. 부드러운 거품과 함께 고소한 밀의 향과 은은한 복숭아 향이 느껴지는 게 특징이다. 패키지에도 북극곰이 맥주를 들이키는 모습을 넣어 재미를 주고 있다. 북극 얼음처럼 시원한 맥주, 한잔 마셔보는 건 어떨까?

우리를 즐겁게 하는 안주들

술이 아무리 맛있더라도 안주가 없으면 어딘가 허전한 법. 편의점에서 만나볼 수 있는 맛있는 안주들이 있다.

안주의 원조, 쥐포와 오징어

변함없는 부동의 안주 1위인 쥐포와 오징어. 불에 살짝 구워 먹으면 짭조름한 바다 향이 입 안 가득 퍼진다. 부담 없는 양이라 가볍게 먹고 싶을 때 적절하다. 고소한 맛을 원한다면 여기에 땅콩이나 견과류를 추가해 보자.

싸고 가볍게 먹자, 바삭 짭조름 과자들

가볍게 맥주 한 캔만 먹고 싶을 때 같이 먹는 과자. 과자라고 해도 달콤한 쿠키보다는 맥주와 어울리는 감자칩이나 새우깡, 나초 등이 인기가 있다. 배부르지 않게 먹을 수 있고, 가격도 저렴한 편이다.

가끔은 고급스럽게, 육포

좋아하지만 가격이 비싸 자주 사 먹지 못하는 게 바로 육포. 양도 적어 내 돈 주고 사 먹기에는 약간의 용기가 필요하다. 하지만 특유의 진하고 짭조름한 고기의 맛이 술

117

과 잘 어울리는 것은 부정할 수 없는 사실. 비싸지만 고급스러운 안주를 원할 때 추천한다.

골뱅이 냄새 날 것 같지 않아? 유동골뱅이 맥주

편의점 냉장고에서 보고 두 눈을 의심했던 맥주, '유동골뱅이 맥주'. 처음 봤을 때는 누가 유동골뱅이 통조림을 여기 놔뒀지? 장난을 치는 건가 하는 생각이 들 정도였다.

　　골뱅이 맥주라고 하면 '설마 맥주에 골뱅이를?'이라고 생각하는 당신, 안심해라. 다행히도 골뱅이는 들어가지 않았다. 유동골뱅이와 세븐일레븐이 합작해 만들어진 이 맥주는 골뱅이무침과 잘 어울리는 달콤하고 고소한 몰트 향이 두드러지는 비엔나 라거 맥주다. 확실히 그렇게 이야기를 듣고 먹어보니 골뱅이와 어울리는 것 같기도 하다. 골뱅이 소면이 당기는 날, 골뱅이 맥주와 함께 즐거운 혼술 어떨까?

든든하게 먹고 싶을 땐 만두

저녁을 거르고 술을 마실 때, 배가 든든해지는 안주가 먹고 싶을 때가 있다. 이럴 때 생각나는 건 만두다. GS25의 '모두의만두'는 둥글납작군만두, 고추군만두, 왕교자, 갈비 만두 등 여러 종류의 만두를 모은 모둠 만두다. 세븐일레븐의 '촉촉하게 구운' 냉장 군만두 시리즈도 아이디어 상품. 구운 만두를 냉장해 전자레인지에만 돌리면 따끈한 군만두를 즐길 수 있다. 미리 구워둔 것이라 갓 구운 군만두의 바삭한 맛에는 미치지 못하지만 팬에 굽는 수고를 덜어준다.

맥주에는 역시 소시지

편의점에서 제일 사랑받는 맥주 안주 중 하나인 비엔나 소시지. 봉지째로 전자레인지에 살짝 돌려 케첩을 찍어 먹으면 맥주가 술술 들어간다. 본격적인 유럽풍 소시지를 먹고 싶다면 '킬바사소시지'를 추천한다. 큼직한 말발굽 모양의 소시지로 보득보득 씹히는 식감과 풍부한 고기 함량이 소시지 전문점에서 먹는 것 못지않은 만족감을 준다. 참고로 '킬바사'는 폴란드어로 소시지라는 뜻.

먹고 싶은 부위를 골라 먹는 치킨

학원가, 주택가, 원룸촌 근처에 위치한 편의점에서 주로 판매하는 편의점표 치킨. 한 조각부터 치킨을 살 수 있고 먹고 싶은 부위를 고를 수 있다. 가볍게 치맥을 즐기고 싶은 이들, 특히 혼자 사는 이들은 치킨 한 마리를 다 먹기엔 벅차서 주로 찾는다. 과연 맛있을까에 대한 의문이 들기도 하지만 동네 치킨집과 크게 다르지 않은 맛이다. 치킨 외에도 크로켓이나 핫바, 핫도그 등의 튀긴 음식도

같이 진열되어 있는 경우가 많아 기름진 안주가 먹고 싶을 때 좋다.

도시락도 의외로 안주가 된다

도시락에 술을 마신다니 본격적인 술꾼 같지만 돈가스 도시락, 치킨 도시락 같은 튀김류 도시락이나 고기반찬이 많은 도시락은 의외로 안주로 괜찮다. 저녁에 도시락을 먹으면서 반주 한잔 하는 건 어떨까?

무궁무진한 편의점 안주들

편의점에서 보고 깜짝 놀랐던 안주 중 하나가 GS25에서 팔고 있는 홍어회였다. 특유의 향과 맛 때문에 호불호가 심한 음식이라 과연 잘 팔릴까 생각했지만 사장님의 말씀을 들어보니 40~50대 중년층에서 소주 안주로 많이 사가 의외로 잘 팔린다고 한다. 진공 포장이 되어있어 냄새가 심하지 않기 때문에 안심해도 된다.

세븐일레븐에서는 냉동 참치회와 자숙 문어회를 판매하고 있다. 상온에 해동해 동봉된 와사비 간장과 초고추장에 찍어 먹으면 나름대로 회 한 접시를 먹는 기분이다. 바다에서 뛰어놀던 싱싱한 활어회와는 비교할 수 없지만 밤에 갑자기 회가 당길 때 먹으면 딱 맞다.

2장

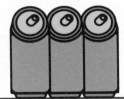

당신의 편의점은 어떠신가요

편의점 아르바이트 잔혹사

대학생 시절 편의점에서 아르바이트를 시작했다. 집 근처에 있는 편의점이라 학교에 다니면서 일하기 좋았고, 시간도 조정할 수 있어 오랫동안 편순이 생활을 할 수 있었다. 편의점의 매력에 본격적으로 빠지게 된 것도 이때부터였다. 편의점에서 장기간 아르바이트를 하다 보면 누구나 재미있는 에피소드들이 한두 개쯤은 있기 마련. 나에게도 눈물 없이는 차마 들을 수 없는 편의점 에피소드가 있다.

그렇게 담배가 피우고 싶었니?

아르바이트를 했던 편의점은 고등학교 앞에 있어 하교할 시간이 되면 삼각김밥이나 햄버거, 과자, 아이스크림 같은 주전부리를 사 먹기 위해 오는 학생 손님들이 많았다. 단체로 우르르 몰려와 간식을 사 먹고 시식대를 치우지 않고 그냥 가는 학생들 때문에 하교 시간만 되면 청소하느라 골머리를 썩이곤 했다. 하지만 더 심각한 문제가 있었으니, 그것은 바로 담배였다.

담배를 피우고 싶은 피 끓는 청소년들은 새 아르바이트생이 오면 도전 과제처럼 편의점에 찾아오곤 했다.

"디스 하나 주세요."

"미성년자한테는 안 팝니다."

"어? 어제도 사장님이 팔았는데?"

"한 번만 더 거짓말하면 경찰 부른다."

처음 며칠간 실랑이를 하니 학생들도 슬슬 포기하는가 싶었지만 그래도 포기를 못 하는 몇몇 학생들이 있었다. 그날도 알바를 하고 있는데 맙소사, 웃통을 벗은 한 무리의 고딩들이 편의점에 진입하는 것이었다.

"마일드세븐 하나 주세요!"

"미성년자한테는 안 팝니다."

"저희 성인이에요!"

"교복 바지까지 벗고 왔어야지."

교복을 벗고 있으면 성인으로 보일 거라고 착각을 한 것일까. 교복 바지만 봐도 다 안다고 이 녀석들아. 더 서글펐던 건 그 학생들이 노숙해 보여서 교복이 아닌 사복 반바지에 삼선 슬리퍼를 신고 왔다면 나도 모르게 담배를 건넸을 것 같은 인상이었다는 것이었다. 다들 지금쯤이면 담배를 마음껏 피울 수 있는(하지만 건강 때문에 피울지 말지 고민하는) 어른이 되었을 거라고 생각하니 기분이 묘하다.

✢

할아버지, 간은 괜찮으신 건가요?

야간 타임에 일했을 때, 매일 밤 10시가 되면 찾아오는 할아버지가 있었다. 할아버지가 사는 물건은 매일 똑같았다. 참이슬 한 병과 삼양라면 한 봉지. 계산이 끝나면 할아버지는 덜덜 떨리는 손으로 소주 한 병을 원샷한 뒤 라면을 들고 비틀거리는 발걸음으로 천천히 편의점을 나섰다.

처음 봤을 때는 너무 놀라서 아무 말도 하지 못했다. 매일 소주를 사서 원샷을 하는 할아버지를 보니 저렇게 마시면 건강은 괜찮으신지, 혹시나 쓰러지시지는 않을지 걱정되었다. 어느 날은 소주는 못 판다고 이야기하기도 하고, 술 대신 식사를 하시라고 내 돈으로 산 삼각김밥이나 우유를 드려도 자기는 소주가 제일 맛있다며 꿋꿋이 소주를 원샷하셨다. 지금은 술을 좀 줄이셨을까.

여담으로, 점포 내에서 주류 섭취는 금지되어 있습니다. 제발 편의점 안에서 새우깡을 안주로 술을 마시지 말아 주세요.

한여름 편의점 공포 체험

여기서 잠깐, 알아도 인생에 별 도움이 안 되는 편의점 업계 상식. 편의점에 있는 음료 냉장고 뒤에는 작은 방처럼 생긴 공간이 있어 아르바이트생이 그 안에 들어가 음료수를 보충한다. 꽤 시원해서 한여름에 아르바이트생들이 일하다가 더울 때면 그곳에 잠깐 들어가 땀을 식히는 경우가 왕왕 있다.

어느 여름날 밤, 아르바이트를 끝마친 나는 인수인계를 한 뒤 너무 더워 냉장고 안에 늘어가 삼산 누워있있다. 그러다가 깜박 잠이 들었는데 갑자기 바깥에서 끔찍한 비명이 들리는 것이었다. 설마, 강도라도 든 걸까? 눈

127

을 떠 보니 그곳에는 깜짝 놀란 눈으로 나를 바라보는 한 아저씨의 얼굴이 보였다. 아저씨가 뭔가 단단히 오해하는 것 같아 오해를 풀어주려고 입을 여는 순간,

"귀신이다!!!"

아저씨는 비명을 지르며 빛의 속도로 편의점을 빠져 나갔다. 아저씨 도망가지 마세요. 오해예요. 저 귀신 아니라고요. 아저씨가 다시 오면 사과하려고 했지만 그분이 다시 편의점에 찾아오는 일은 없었다.

02

편의점 진상 손님
생태보고서

서비스업에서 알바할 때 제일 힘든 순간은 언제일까. 손님이 몰릴 때? 쉬는 날 없이 일주일 내내 일할 때? 그것도 물론 힘들지만 역시나 제일 힘든 순간은 손님과 트러블이 생겼을 때가 아닐까? 세상의 모든 편의점 아르바이트생들이 자신이 겪은 편의점 진상 썰을 풀면 그걸로 저마다 책 한 권씩은 족히 쓰고도 남을 것이다.

술 취한 손님들

유흥가나 대학가에 위치한 점포에서 아르바이트를 하면 주말마다 술에 취해 비틀거리는 손님들을 보게 된다. 내가 일했던 곳은 주택가였지만 근처에 시장이 있어 주말이 되면 심심치 않게 술 취한 손님들이 방문하곤 했다. 취객이라고는 해도 몸을 약간 휘청거리나 말할 때 혀가 꼬이는 정도일 뿐 크게 문제가 되는 손님들은 없는데(사실 이 시점에서 문제다. 휘청거릴 정도면 돌아다니지 말고 택시 타고 얼른 집에 갑시다) 개중에는 대형 사고를 치는 분들이 있었다.

어느 주말 밤, 한참 청소하고 있는데 술에 취한 젊은 손님이 들어와 혀 꼬부라진 목소리로 아이스크림은 어디 있냐고 물었다. 술을 많이 마셔 시원한 걸 먹고 싶은 건가 싶어 아이스크림은 바깥에 있다고 안내했다. 눈에 띌 정도로 비틀거리며 걷는 모양새가 좀 불안하다고 생각하는 순간 바깥에서 들려오는 비명.

달려가 보니 손님이 아이스크림 냉동고 안에 머리를 박고 구토를 하는 것이었다. 손님, 이럴 거면 차라리 아이스크림 말고 화장실이 어디 있는지 물어봤어야죠. 왜 거기다 대고 구토를 하세요. 차라리 바닥에다 토해!!!! 그럼

물청소라도 한다고!

그나마 같이 온 친구들은 제정신이 박힌 사람들이라 친구가 술이 너무 많이 취해 실수를 한 것 같다며 사과하고 오물이 묻은 아이스크림을 전부 산 뒤 친구를 부축해 끌고 가버렸다. 그나마 청소는 하지 않아 다행이었지만 냉동고에서 솔솔 풍겨오는 그윽한 냄새. 냄새를 없애기 위해 한동안은 탈취제를 사서 아이스크림 냉동고에 넣어놓아야 했다.

이것보다는 덜하지만 술에 과도하게 취해 자는 사람들도 문제였다. 점포 앞 파라솔이나 심지어는 점포 안에서 잠을 자는 손님들도 있었다. 자기 집이라고 생각해 신발과 양말, 안경까지 벗어놓고 본격적으로 숙면을 취하는 분들도 있었다. 아예 그냥 편의점에 살림을 차리려는 건가? 집에 좀 가시라고 말을 하면 순순히 가는 경우가 대부분이지만 여기가 자기 집이라고 철석같이 믿고 끝까지 버티는 분들도 많았다.

이럴 때는 어떻게 하냐고? 괜히 실랑이를 벌이다가 주먹다짐이 오가느니 112에 신고하는 게 제일 깔끔하다. 보통 이런 분들은 경찰이 오면 언제 그랬냐는 듯 한 마리 순한 어린 양이 되어 경찰의 뒤를 따라간다.

담배 감별사 손님

2010년대 중반 이후, 담뱃갑에 흡연 경고 그림이 들어가면서 몇몇 손님들은 담뱃갑에 그려져 있는 폐암이나 구강암, 성기능 장애 등의 사진에 민감하게 반응하는 경우가 있다. 왜 민감하게 반응하는 것인가. 담배를 피우면 늦든 빠르든 언젠가는 겪게 될 일일 텐데.

그런 손님들은 편의점에서 담배를 사면 마음에 드는 그림, 그나마 덜 흉측한 그림이 나올 때까지 담배를 바꿔달라고 한다. 뒤에 손님이 기다리고 있는데 재수 없는 그림이 나왔다며 계속 바꿔달라고 하니 아르바이트생 입장에서는 미치고 팔짝 뛸 노릇이다. 그러다가 찾는 그림이 없으면 그냥 가는 경우도 있다. 그걸 견딜 정도의 배짱이 없다면 담배를 끊는 게 좋지 않을까요?

봉투값은 20원입니다

편의점에서 손님과 제일 예민하게 신경전을 벌일 때가 봉투값을 받을 때다. 원래 편의점이나 마트 같은 유통업체는 손님이 봉투를 요청하면 봉투 보증금을 내도록 법으로 정해져 있다.

　요즘은 봉투값을 내는 게 상식으로 자리 잡아 웬만하면 불만 없이 봉투값을 결제하지만 나이가 드신 분들은 돈을 못 주겠다고 버티는 경우가 많다. 옆에 있는 개인 상점에서는 봉투가 공짜인데 왜 여기는 돈을 받느냐는 것이다.

　아르바이트생들이 겨우 20원 벌려고 봉투값을 달라고 하는 것이겠는가. 법적으로도 받는 게 맞기도 하고 '봉파라치'라고 보상금을 노리고 봉투값을 받는지 안 받는지 확인해 지자체에 신고하는 사람들도 있기 때문에 편의점에서는 무슨 일이 있더라도 봉투값은 꼭 받도록 교육하고 있다.

　그러나 "죄송하지만 봉투값은 주셔야 합니다."라고 안내를 하면 치사하다며 물건을 안 사고 그냥 나가거나 심하면 물건을 집어 던지고 가는 손님까지 있다. 돈을 벌려고 하는 게 아니라 환경을 위해서 봉투값을 받는 것이니 되도록 이럴 때를 대비해 에코백이나 비닐봉지를 들고 다닙시다. 그리고 그거 알고 계시나요? 사용한 봉투를 가져오면 반품해 준다는 사실! 우리 모두 20원 가지고 얼굴 붉히지 맙시다.

선사시대 물물교환

일하던 편의점이 시장 근처에 있어 가끔 좌판에서 야채를 파는 할머니들이 팔고 남은 쪽파나 깻잎을 가져와 빵과 바꿔달라고 하는 경우가 있었다. 죄송합니다, 할머니. 저도 바꿔드리고 싶지만 편의점에는 포스기라는 게 있어서요. 포스기는 쪽파는 안 받거든요…. 보통 때는 돈을 내셔야 한다고 말씀을 드리지만 가끔 집에 야채가 떨어졌을 때는 내 돈으로 야채를 사고 그 돈으로 빵을 사 드시라고 하곤 했다.

이 정도는 양호한 편. 기가 막혔던 것 중 하나는 낚시를 가서 참돔을 낚았다며 담배 한 보루와 바꿔달라는 손님이었다. 손님 여긴 구석기 시대 물물교환의 장이 아니라 21세기 편의점이라고요. 물물교환은 하지 않는다고하니 손님은 "이거 회 쳐 먹으면 얼마나 맛있는데!"라고화를 내며 아이스박스를 들고 사라져버렸다. 집에서 맛있게 회 쳐 먹길 바랍니다.

주말의 손님들

편의점 주말 아르바이트를 하던 시절, 근처에 큰 교회가 있어 일요일 오후가 되면 교회 어르신들이 포교를 위해 편의점에 찾아오곤 했다. 그때마다 하는 말씀이 "왜 교회에 안 가고 여기서 일을 하고 있어. 하나님도 세상을 만들고 칠 일째는 쉬었다고!"라는 것이다. 하나님은 주 1일 휴무일지 몰라도 편의점은 1년 365일 영업 중이랍니다. 제가 없으면 이 편의점은 누가 지키나요(시급을 주신다면 교회에 나갈 수도 있습니다). 아니, 본인들은 편의점 앞에 삼삼오오 모여서 아이스크림이랑 음료수를 사먹으면서 왜 저한테 교회에 나가라고 하십니까. 제가 없으면 여러분들은 아이스크림도 음료수도 못 먹어요.

03

아르바이트생을 울리는
사기 수법

아르바이트를 하면서 사회의 냉혹함을 처음 맛본 적이 있었다. 아르바이트생을 상대로 사기를 치는 사람들 때문이었다. 알바가 돈을 벌면 얼마나 번다고 그걸 등쳐먹을 생각을 하는 걸까. 양심은 어디 간 거야. 혹시나 이 책을 읽고 있을 예비 편의점 아르바이트생들을 위해 그들의 현란한 사기 수법을 공개한다. 그리고 놀라운 사실 하나, 나는 이 모든 사기를 당해본 적이 있다. 다행히도 대부분 당하기 전에 대처해서 크게 돈을 잃은 적은 없다.

내가 누군지 알아?

50대 이상의 아저씨들이 주로 많이 사용하는 수법이다. 화려한 언변으로 편의점 사장님과 친구인 것처럼 속이고 이미 사장님과 이야기가 됐으니 20~30만 원 정도의 돈을 빌려달라고 한다. 돈을 빌려주면 어떻게 될까? 당연히 사장님에게 그런 친구는 없고 당한 아르바이트생은 꼼짝없이 자기 월급에서 돈을 메꿔야 한다. 편의점 사장님들 중에 중장년층이 많다는 점을 이용한 수법이다. 그리고 어느 날, 나에게도 그분이 찾아왔다.

들어오자마자 자기가 사장이라도 되는 양 설레발을 치면서 내가 사장 친구이고 이미 전화로 이야기가 다 되었다면서 돈을 빌려달라고 했다. 휴대폰으로 사장님과 전화하는 척 연기를 하는 건 덤이었다.

그런데 아저씨, 저희 사장님은 나이가 30대인데요. 아저씨 같은 친구는 없을 거예요. 아빠라면 모를까. 아저씨가 떠드는 사이에 사장님에게 몰래 문자를 보내보니 역시나 그런 친구는 없다고 했다. 아저씨의 이야기를 한창 듣다 보니 놀리고 싶어져서 슬쩍 이렇게 말했다.

"죄송한데, 아저씨. 제가 사장이거든요?"

그러자 그 사기꾼은 깜짝 놀란 표정을 짓고는,

"아, 맞아! 저기 옆 동네였네! 아이고, 내가 착각했어! 미안해, 학생. 아니, 사장님!"

그렇게 말하면서 백스텝으로 서둘러 점포를 빠져나갔다.

이것 좀 가져다 주실래요?

편의점에 보통 근무자가 한 명밖에 없는 걸 이용한 사기 수법이다. 주로 음료수를 박스로 달라고 요청한 뒤 아르바이트생이 물건을 가지러 창고로 간 사이에 계산대에 침투해 돈과 담배 등을 들고 유유히 사라지는 것이다. 이럴 때는 어떻게 대처해야 할까? 보통은 같이 찾자고 하고 창고 문 앞까지 동행한다. 대부분의 선량한 손님들은 흔쾌히 응하니 이 방법을 써보도록 하자.

이거 반품해 주세요

양주나 와인 같은 고가의 상품을 가져와서 며칠 전에 샀으니 현금으로 돌려달라고 하는 수법이다. 그 말을 믿고 돈을 준 뒤에 확인해 보면 가게에서 취급하지 않는 상품인 경우가 많다. 이럴 때는 반드시 영수증부터 확인하거나 손님이 물건을 산 시간을 확인한 후 반품 처리를 하자.

명심하세요. 영수증을 달라고 하는데 별안간 유독 화내면서 욕하는 손님들은 99% 사기꾼입니다.

안전 점검 나왔습니다

전기나 소화기 등의 안전 점검을 나왔다고 한 뒤 가게를 둘러보고 10만 원 정도의 점검비를 요구한다. 그럴듯한 작업복을 입고 공구까지 들고 와 견적서를 내밀면 초짜 알바생들은 철석같이 믿고 돈을 꺼내준다. 돈을 받으면 영수증까지 발행해 주니 사기라고는 꿈에도 생각을 못 하고, 나중에 사장님에게 이야기하면 내 피 같은 시급에서 까이게 되는 비극이 벌어진다. 작업복과 공구만으로 10만 원의 수익을 얻을 수 있다니 그야말로 경제학자도 울고 갈 창조경제다.

이런 수법들 외에도 편의점에서 뜬금없이 돈을 요구하는 경우는 무조건! 100%! 사기이니 잘 알아두고 즐거운 알바 생활 하도록 합시다.

정의의 사도가 아니어도 괜찮아요

가끔 뉴스를 보면 편의점에 침입한 강도를 퇴치하는 용감한 아르바이트생에 대한 기사가 나오곤 한다. 정의감에서 한 행동이겠지만 혹시 다친 곳은 없는지 조마조마한 것도 사실이다.

편의점에서 아르바이트를 할 때 제일 처음 받는 교육 중 하나가 편의점에 강도가 들었을 때의 대처법이다. 돈을 요구하면 저항하지 말고 포스기에 있는 돈을 전부 주라고 교육받는다. 섣부르게 돈을 주지 않고 저항했다가 크게 다칠 수 있기 때문이다. 편의점 사장님이 아무리 무서운 사람이라 해도 돈보다는 사람 목숨이 우선일 것이다. 용감한 시민이 되려다가 큰일 날 수도 있으니 명심 또 명심하자!

그리고 혹시나 이 책을 읽고 있을지도 모르는(없겠지만) 편의점 강도 지망생들, 요즘은 카드 결제 비율이 높아서 포스기에 현금도 없어요. 털어봤자 먼지밖에 안 나온단 말입니다.

140

04

아르바이트계의
멀티플레이어

편의점 아르바이트를 한다고 하면 주변에서 가장 많이 하는 이야기가 "편의점 아르바이트 그거, 계산만 하면 되는 거 아니야?"였다. 아무래도 계산이 주된 일이다 보니 쉽다는 느낌이 들 수도 있다. 그러나 편의점 아르바이트야말로 계산부터 물건 정리, 청소, 식품 조리까지 멀티플레이를 수행해야 한다.

편순이의 하루는 어떻게 돌아갈까

출근 등록 및 시제 맞추기

출근하면 가장 먼저 출근 등록과 시제 맞추기를 한다. 포스기의 출근 등록 메뉴에 체크한 다음, 돈이 맞게 들어있는지를 확인하는 것이다. 만약에 돈이 맞지 않으면 이전 타임 아르바이트생이 돈을 메꿔야 한다.

폐기 상품 빼기

잊지 말아야 할 게 바로 이 폐기 상품 배내기이다. 삼각김밥이나 도시락, 우유 같은 냉장 보관 상품의 경우 물건에 표기된 유통기한이 짧기 때문에 매일 체크해 폐기한다. 유통기한이 지난 상품을 판매하면 영업정지가 될 수 있어 꼼꼼하게 확인하는 게 중요하다. 그때의 버릇이 남아서일까. 아르바이트를 그만둔 지 오래되었지만 요즘도 편의점에서 유통기한 지난 상품을 보면 아르바이트생에게 슬쩍 이야기해 주곤 한다.

상품 보충 및 청소

상품이 팔렸을 경우 창고에서 상품을 꺼내 보충한다. 특히나 여름철에는 음료수나 냉장 주스, 맥주가 많이 팔리기 때문에 재빨리 보충해야 한다. 선입선출이 중요하므로 먼저 진열한 것은 먼저 팔릴 수 있도록 유통기한이 긴 제품을 가장 안쪽에 둔다. 중간중간 매장 청소는 필수.

물류 검수 및 정리

삼각김밥이나 도시락 등 냉장 상품과 과자, 담배, 음료 같은 상온 상품들이 들어오면 물건들을 검수하고 정리한다. 야간 타임이 힘든 게 바로 이 물류 검수 및 정리 때문이다. 장사가 잘되는 곳이라면 더 그렇다. 예전에 대학병원 내에 있는 점포에서 아르바이트를 했을 때는 물건을 정리하는 아르바이트생이 따로 2명이 있을 정도로 양이 많았다.

즉석식품 제조

치킨이나 군고구마 같은 즉석식품을 취급하는 점포라면 알바가 할 일은 더욱더 늘어난다. 계산에 정리만 해도 힘든데 고구마까지 구워야 하는 것. 정말이지 극한 직업이 아닌가. 집에서는 손 하나 까딱하지 않지만 편의점에서는 나도 요리왕이 된다.

워홀러가 처음 마주한
일본 편의점

대학생 시절, 워킹 홀리데이로 일본에서 살았던 적이 있다. 예나 지금이나 귀여운(귀여웠나?) 딸자식이 해외로 나간다고 하면 걱정부터 앞서는 것이 부모 마음이었을 것이다. 그러나 나의 부모님은 당연하다는 듯이 일본에 가면 한 푼도 지원해 주지 않겠다고 했다. 부모님의 지원은 깔끔하게 포기하고 방학 동안 편의점과 공장 아르바이트로 돈을 모아 1년짜리 왕복 비행기표와 도쿄에 있는 3개월 단기 거주 맨션을 계약하니 수중에 남은 돈은 10

만 엔약 120만 원이었다. 돈이 떨어지면 돌아가겠다는 배짱
으로 무모하게 일본으로 출발했다.

일본 편의점에서 눈물의 삼각김밥

일본 편의점 하면 어떤 것이 떠오를까. 대부분 여행 가서
먹었던 모찌롤케이크나 푸딩, 저녁에 호텔방에서 안주로
먹던 과자와 캔 맥주가 생각나겠지만 나는 눈물 흘리면
서 먹은 100엔약 1200원짜리 삼각김밥이 먼저 떠오른다.

　　워킹 홀리데이로 떠나 처음으로 경험하는 외국 생활
에 신기해하던 것도 잠시, 역시 문제는 돈이었다. 생활비
가 떨어지니 일을 구할 수밖에 없었다. 아르바이트를 구
하러 이리저리 돌아다녔지만 일본어가 서툰 외국인에게
쉽게 자리를 주는 곳은 없었다.

　　부모님에게 지원을 요청할까도 했지만 어차피 연락
하면 돌아오라고 할 게 뻔했다. 그래서 생존을 위해 먼저
떠올린 건 식비 절약이었다. 굶을 수는 없으니 매일 편
의점에서 제일 싼 100엔짜리 삼각김밥과 빵을 사서 먹
었다. 아침은 건너뛰고 점심에는 빵 하나, 저녁에는 삼각
김밥 하나를 먹으니 하루 식비가 200엔이었다. 돈은 아
낄 수 있었지만 당연히 배가 너무 고프고 어지러워서 쓰

러질 것만 같았다. 다행히 돈이 다 떨어지기 전에 아르바이트를 구할 수 있었지만 얼마 동안은 이 경험이 트라우마로 남아 삼각김밥은 멀리하고 싶었…지만 살림이 조금 나아졌어도 여전히 돈이 없는 건 마찬가지였다. 일을 구했어도 한동안 식사는 대부분 편의점 음식으로 해결했다.

삼각김밥이나 빵에 우유, 가끔은 영양 균형을 위해 샐러드나 야채주스를 사 먹기도 했다. 이렇게 먹으면서 하루 8시간 아르바이트를 하니 살이 빠질 수밖에. 일본 생활을 하면서 인생 최저 몸무게를 찍었을 정도였다. 하지만 안타깝게도 한국에 돌아와 삼겹살과 치킨을 먹으면서 빠진 살은 다시 돌아와 건강(?)해졌다.

혼밥 만렙인 일본 직장인들

일본에서도 아르바이트는 편의점을 벗어날 수 없는 것인가. 오피스 빌딩 근처 편의점에서 아르바이트를 한 적이 있었다. 점심시간만 되면 많은 샐러리맨들이 몰려와 도시락에 삼각김밥, 샌드위치에 녹차를 사 들고 썰물처럼 빠져나가곤 했다. 처음에는 저 많은 사람들이 다 어디 가서 밥을 먹나 하는 생각도 들었다. 후에 점심시간에 오피스가 근처 공원에 가니 답을 깨달았다. 공원 벤치에서 도시락이나 삼각김밥, 샌드위치를 무릎에 놓고 혼자 점심을 즐기는 직장인들을 흔히 볼 수 있었다. 당시만 해도 혼밥이 익숙하지 않은 나에게는 그 모습이 정 없게 느껴지기도 했고, 저 사람들은 친구가 없어 저렇게 먹는 건가 싶기도 했다.

일본 친구에게 물어보니 식당에 가면 음식이 나올 때까지 기다려야 하고, 혼자 편하게 먹고 싶거나 점심값을 절약하기 위해 편의점 음식으로 점심을 해결하는 직장인들이 많다는 대답이 돌아왔다. 그때는 생소했지만 세월이 흘러 이젠 우리나라에서도 점심때 혼자 편의점 도시락을 먹는 광경이 그렇게 낯설게 느껴지지만은 않는다.

06

본격 공개!
편의점 매출 1위 상품은?

편의점에서 제일 많이 팔리는 상품은 무엇일까? 바나나 맛 단지 우유? 아니면 새우깡 같은 스테디셀러 과자? 정답은 담배다. 편의점마다 조금씩 차이는 있지만 보통 하루 매상 중 50%를 차지할 정도로 담배의 비중이 높다고 한다. 담배는 다른 상품에 비해 마진이 낮기 때문에 편의점 사장님들이 선호하는 상품은 아니지만 담배를 팔지 않으면 손님들이 바로 다른 편의점으로 가버리는 경우도 있고, 담배를 사는 고객들이 겸사겸사 라이터나 음료수,

껌 등을 사가는 경우도 있기 때문에 담배를 팔지 않을 수 없는 노릇이다.

　1년 중 담배 판매가 제일 낮은 시기는 바로 연초라고 한다. 새해를 맞아 수많은 흡연자가 담배를 끊겠다고 결심하기 때문이다. 하지만 언제나 결심은 한 달을 가지 못하는 법. 한 달 정도 지나면 다시 예전의 판매량으로 돌아온다고 하니 금연은 정말 어려운 일인가 보다.

너의 이름은

편의점 아르바이트생을 제일 괴롭히는 손님의 한마디, 그것은 "그거 주세요."이다. 주로 담배를 매일 사 가는 단골손님들에게 많이 보이는 패턴으로, 들어오자마자 "내가 맨날 피우는 그거 알지?"라며 아르바이트생의 기억력을 시험한다. 하지만 선생님, 선생님에게 저는 매일 보는 아르바이트생이지만 저에게는 선생님 같은 손님이 한두 명이 아니랍니다.

　담배 이름을 제대로 이야기해 준다고 해도 어렵기는 마찬가지이다. 편의점에서 팔고 있는 담배가 약 200여 종이다. 숙련된 아르바이트생이라고 해도 담배 진열장에서 고객이 찾는 담배를 바로 찾아내기란 어렵다. 게다가 같은 담배도 파생 상품은 왜 이리 많은 건지. 레종썬프레소와 레종프레소, 레종아이스프레소는 어떤 차이가 있는 것이며 디스면 그냥 디스지 디스아프리카선데이와 디스아프리카아이스잭, 디스아프리카룰라에 디스아프리카몰라는 또 뭘까. 담배를 피우면 아프리카 밀림에서 사자에게 잡아먹히는 듯한 느낌이 들어서 아프리카인가. 오늘도 전국의 수많은 편의점 아르바이트생은 담배 이름과 싸우고 있다.

편의점 알바의 지옥, 담배 개수 세기

왕년에 편의점 알바를 해본 사람들이라면 다들 알고 있는, 알아두면 별 쓸모는 없는 편의점 아르바이트 상식. 모든 편의점에서는 아르바이트생이 교대할 때마다 담배 개수를 세는 의식을 거행한다. 담배는 크기가 작고 가격이 비싸기 때문에 분실이나 도난 위험을 막기 위해 전산 재고와 실제 수량을 비교하는 것이다. 그런데 해보면 은근히 힘들다. 앞서 이야기한 것처럼 200여 종이 넘는 담배들을 세다 보면 내가 무엇을 세고 있는지 헷갈리는 순간이 온다. 거기다가 세는 도중 손님이 들어오면 어디서부터 세었는지 까먹어 처음부터 다시 세는 일이 일어난다. 편의점을 경영하는 지인에게 물어봤더니 요즘은 담배 종류가 많아져서 더 힘들어졌다고 한다. 담배를 세는 편의점 아르바이트생들에게 심심한 위로의 말을 전한다.

07

아르바이트생들의
비밀 레시피

바야흐로 편의점 모디슈머의 시대다. 모디슈머는 '수정하다'라는 의미의 'modify'와 소비자라는 뜻의 'con-sumer'가 합성된 단어다. 즉, 정해진 레시피를 그대로 따르지 않고 응용하는 것이다. 많은 사람이 자신만의 편의점 음식 레시피들을 SNS와 유튜브에 업로드하고 있다. 그러나 고릿적부터 편의점 음식을 제일 맛있게 먹는 법을 알고 있는 건 아르바이트생들이었다. 나 또한 비밀 아닌 비밀 레시피로 편의점 음식을 먹었다.

삼각김밥 볶음밥

유통기한이 지나 폐기된 삼각김밥을 활용하는 레시피다. 폐기 처리가 되었지만 매대에 올릴 수 없을 뿐, 몇 시간 정도 지난 것은 괜찮다. 두 개를 준비해 김과 밥을 분리한 후 달군 팬에 식용유를 1/2큰술 정도 두르고 밥 두 덩어리를 넣어 볶는다. 마무리로 김을 잘게 썰어 뿌려주면 끝. 삼각김밥 두 개면 볶음밥 1인분이 만들어진다.

밥에 부속물이 들어있어 볶을 때 따로 양념이나 간을 할 필요가 없다. 삼각김밥 조합에 따라 다른 맛을 즐길 수도 있다. 나는 전주비빔과 참치마요를 함께 먹었을 때 가장 맛있었다. 매콤한 고추장 양념과 고소한 마요네즈가 잘 어울린다.

들어는 봤나, 김밥전

역시나 팔고 남은 김밥을 활용한 레시피이다. 한 입 크기로 썬 말이 김밥에 밀가루와 계란물을 묻힌 후 기름 두른 팬에 앞뒤로 지져준다. 노릇하게 익은 고소한 계란물 반죽과 김밥의 조합이 놀랍도록 잘 어울린다.

칼로리 폭탄, 닭강정 치밥

스트레스를 받은 날, 칼로리가 폭발하는 기름지고 고기가 가득한 메뉴가 먹고 싶을 때 닭강정 치밥을 자주 해먹었다. 종이 용기에 삼각김밥과 닭강정, 스트링치즈를 넣고 전자레인지에 1분 30초 정도 돌려준다. 매콤한 닭강정과 쭉 늘어지는 치즈가 밥과 안 어울릴 리 있겠는가. 유일한 단점은 먹으면 살찐다는 것. 하지만 뭐 어떤가. 다이어트는 원래 내일부터다.

감칠맛의 어묵 컵라면

즉석 어묵을 판매하는 편의점에서만 만들 수 있는 시크릿 메뉴. 큰 컵 컵라면을 준비한 후 분말수프는 반만 넣고 어묵탕 국물 1국자와 분량의 뜨거운 물, 어묵을 넣어라면을 익히면 끝이다. 어묵탕 국물이 들어가니 감칠맛이 나고 깊고 진해지는 게 맛있다. 건더기로 들어간 어묵은 덤이다. 추천하는 컵라면은 오징어짬뽕이나 새우탕면 같은 얼큰한 해물 계열 라면. 라면에서 느껴지는 그윽한 바다의 향과 어묵탕 국물 조합이 끝내준다.

벌크 업, 군고구마 그라탱

역시나 군고구마를 파는 점포에서만 만들 수 있는 시크 릿 메뉴다. 군고구마를 반으로 가른 뒤 스트링치즈와 초 콜릿을 얹어 전자레인지에 1분 정도 돌려준다. 녹진녹진 한 치즈와 달콤한 초콜릿이 고구마와 환상적인 궁합을 이룬다. 그야말로 맛있고 살이 찌는 간식.

만두는 완전식품, 만두밥

한 예능 프로그램에 나와서 화제가 되었던 만두밥. 이전 부터 편의점 아르바이트생들 사이에서 인기를 끌었던 메 뉴이기도 하다. 냉동 만두와 즉석 밥을 전자레인지에 데 운 후, 만두를 으깨 밥에 섞어주기만 하면 끝이다. 언뜻 보기에는 비주얼이 썩 좋진 않지만 먹어보면 짭조름한 만두 소와 밥의 조합이 볶음밥 같은 느낌이라 굉장히 맛 있다. 취향에 따라 치즈나 김치를 넣어도 새로운 맛을 즐 길 수 있다.

155

✧
덮밥 전문점이 부럽지 않다, 족발 덮밥

편의점 순살족발을 먹다가 애매하게 남았을 때 만드는 메뉴. 내열 용기에 족발과 물 3큰술, 간장 3큰술, 설탕 1/2작은술, 다진 파와 청양고추 약간, 먹다 남은 족발을 넣고 전자레인지에 1분 정도 돌린다. 이걸 밥 위에 얹어 먹으면 된다. 족발을 전자레인지에 돌리니 야들야들해져 더욱 맛있다. 단짠단짠 간장 양념과 밥의 조합이 전문점도 울고 갈 만한 덮밥이 완성된다.

✧
바나나 우유 맛 프렌치토스트

볼에 바나나우유 하나와 계란 하나를 넣어 잘 섞은 뒤 식빵을 넣고 충분히 적셔준 다음, 버터를 두른 팬에 노릇하게 구워주면 완성. 따로 설탕을 넣지 않아도 우유의 달콤함과 향긋한 바나나 향이 식빵에 촉촉하게 스며들어 맛있다. 취향에 따라 딸기우유나 초코우유, 커피우유를 사용해도 좋다.

파니니처럼, 샌드위치 토스트

보통은 그냥 먹거나 전자레인지에 돌려 먹는 샌드위치. 그러나 인간은 도구를 사용할 줄 아는 생물. 조금만 머리를 써보자. 샌드위치를 오븐 토스터나 에어 프라이어에 돌리면 더욱 맛있어진다. 겉 부분의 빵은 바삭바삭, 속은 따끈따끈한 것이 전문점에서 갓 만든 파니니 부럽지 않다.

추천하는 것은 감자샌드위치나 돈가스샌드위치처럼 마요네즈가 들어간 것과 고기가 들어간 샌드위치다. 생야채가 들어간 샌드위치는 데우면 야채가 흐물흐물해져서 추천하지 않는다. 집에 오븐 토스터나 에어 프라이어가 있다면 한번 시도해 보길.

08

편의점 덕후의 삶,
TV 출연기

편의점 음식 리뷰 전문가라는, 하찮지만 그리 흔하지 않은 타이틀 때문인지 잊을 만하면 각종 TV 프로그램에서 출연 요청이 오곤 한다. 눈곱만큼이지만 출연료가 나오기 때문에 웬만하면 나가려고 하는 편이다. 출연료를 안 주면 어떻게 하냐고? 당연하지만 출연하지 않는다. 내 시간은 소중하니까. 그렇게 이런저런 프로그램에 출연하면서 있었던 재미있는 에피소드들이 있었다.

아침 방송이 〈세상에 이런 일이〉로
둔갑할 뻔한 사연

어느 아침 방송에 출연했을 때였다. 사전에 협의한 촬영은 끝났는데 담당 PD가 자꾸 집으로 가서 촬영하자고 했다. 그러면서 이렇게 말했다.

"다인 씨, 혹시 집에 삼각김밥 조형물이나 동상 같은 건 없나요?"

"없는데요. 저는 무교입니다."

아무리 그래도 그렇지 나를 뭐라고 생각하는 걸까. 내가 삼각김밥을 숭배하는 신흥 종교를 만들어 집에 토템 같은 걸 세우고 하루에 세 번 삼각김밥 공장이 있는 방향으로 절이라도 할 거라고 생각한 것인가.

"아니면 삼각김밥이나 도시락 라벨을 따로 모아놓은 건 없나요? 라면 용기라든지."

"PD 님, 집에 그런 거 모아놓으면 곰팡이 생겨요."

아침 방송을 찍겠다는 건지 세상에 이런 일이를 찍겠다는 건지. PD는 자기가 원하는 것이 아무것도 없다는 사실을 확인하자 한숨을 쉬며 우리 집에 쳐들어오는 걸 포기했다. 다행히도 집에 삼각김밥 모양의 500톤짜리 금괴가 있다는 사실은 아직 들키지 않았다.

✺
하마터면 화성인이 될 뻔했다

몇 년 전, 자극적인 내용으로 화제가 되었던 〈화성인 바이러스〉라는 프로그램이 있었다. 일반적인 지구인과는 다른 행동을 보이는 소위 '화성인'들을 소개하는 프로그램이었는데 나에게도 제안이 들어온 것이다. 어째서죠. 저는 그냥 작고 순수한 돼지일 뿐인데요.

방송국에서 제시한 출연료가 굉장히 세서(얼마인지는 자세히 밝힐 수 없지만 당시 사회 초년생이었던 내 월급의 두 배였다!) 한 번쯤 나가도 좋지 않을까 생각했다. 예나 지금이나 다큐멘터리나 뉴스 외에는 TV를 잘 보지 않는지라 회사 선배에게 화성인 바이러스라는 프로그램에서 출연 제안이 들어왔는데 나가 볼까 말까 고민이라고 가볍게 이야기했다. 그 이야기를 듣자마자 선배가 펄쩍 뛰면서 절대로 나가지 말라고 하는 게 아닌가.

"다이아! 그런 프로그램에 나가면 넌 평생 결혼 못한다! 당장 거절해라!"

"그렇게… 이상한 프로그램인가요?"

"이상한 프로그램이다!!"

눈앞에 두 달 치 월급이 아른거렸지만 그리 친하지도 않은 선배가 저렇게 질색하며 반대하는 건 뭔가 이유가 있을 터. 나는 곧바로 정중히 거절 메일을 보냈다. 그리고 몇 개월 뒤, 우연히 보게 된 화성인 바이러스에는 애니메이션 캐릭터가 그려진 베개와 결혼을 하려는 남자가 나오고 있었다. 고마워요, 선배님.

삼각김밥을 찾아라

모 지상파 아침 방송 촬영을 위해 집 근처 편의점에서 인터뷰를 한 적이 있다. 인터뷰 중 PD가 이런 질문을 했다.

"같은 종류의 삼각김밥이라고 해도 편의점에 따라 맛이 다른가요?"

"네, 맛이 다르긴 해요. 전주비빔삼각김밥을 예로 들자면 어떤 곳은 매운맛이 강하고 어떤 곳은 단맛이 강해요. 크지 않지만 확실히 맛의 차이가 있긴 하더라고요."

"그럼 눈 감고 먹어도 맞출 수 있으시죠?"

"제가 절대 미각의 소유자도 아닌데 그게 가능할까요?"

"그래서 저희가 지금부터 그걸 하려고 합니다!"

PD의 손에 이끌려 편의점을 나서니 편의점 앞 공터에 테이블과 의자, 편의점 3사의 삼각김밥, 그리고 안대가 준비되어 있었다. 아니, 언제부터 이렇게 무대를 꾸며

놓은 거야. 게다가 편의점 앞에 모여있는 저 애들은 또 뭐람. 그렇다. PD는 편의점 근처에서 놀고 있는 초등학생들을 관객으로 섭외한 것이었다.

"이거 꼭 해야 하는 거예요?"

"에이, 다 맞출 수 있다고 하셨잖아요. 이 정도쯤은 식은 죽 먹기시죠?"

왜 이러세요. 그런 얘기 한 적 없는데요. 당장 뛰쳐나가고 싶었지만 이걸 못 찍으면 방송국에서 잘린다는 PD와 제작진의 호소에 안대를 쓰고 삼각김밥 회사 맞추기 게임을 했다. 결과는 어떻게 됐냐고? PD도 예상 못 하고 나도 예상 못 한 일이 벌어졌다. 정말로 삼각김밥 회사를 전부 맞춰버린 것이었다. 편의점 앞 공터에 환호성이 울려 퍼졌다.

"이야, 저 아줌마(뭐라고?!) 진짜 다 맞추네!"

"와, 신기하다! 맨날 삼각김밥만 먹고 살았나 봐!"

다행히도 이 촬영분은 음향 담당자의 실수로 음성을 녹음하지 못해 방송되지 않았다. 그리고 덤으로 출연료도 받지 못했다. 장난하십니까, 방송국 여러분들.

MBC 〈능력자들〉,
도시락을 찾아라

여러 가지 일을 겪은 후 웬만하면 TV 출연은 안 하려고 했는데 〈능력자들〉이라는 프로그램에서 섭외가 들어왔다. 저녁 황금 시간대에 하는 공중파 예능 프로그램이니까 이상한 사람들은 안 나오겠지. 그러니까 애니메이션 캐릭터랑 결혼하려는 사람… 말이다.

이때 하게 된 도전은 밥이랑 반찬만 보고 어느 편의점 브랜드의 도시락인지 맞추는 것이었다. '내가 도시락 개발자도 아니고, 어떻게 도시락을 맞추라는 거지?'라고 생각했지만 하루에 한 개씩 편의점 도시락을 먹은 실력은 어디로 가지 않는지 전부 맞춰버렸다.

그리고 얼마 후, 남대문 시장에 갔다가 잡채호떡 맛집에 줄을 서 있는데 갑자기 호떡 굽는 아주머니가 달려오더니 "TV에 나온 편의점에 미친 언니 맞지? 왜 도시락 안 먹고 여기 왔어? 호떡 공짜로 줄게!"라고 하는 것이었다. 그 외에도 한동안은 외출하면 수군거리면서 편의점 도시락녀 맞냐며 물어보는 사람들이 꽤 있었다. 역시 공중파 황금 시간대 방송의 위력은 대단하다는 걸 새삼 느꼈다.

편의점 상품 개발자들도 즐겨 본다?
'다인의 편의점 이것저것'

얼마 전 재미있는 일이 있었다. 편의점 음식을 제조하는 회사에서 나에게 메일을 보냈다. 설마 블로그에 악평을 썼다고 고소하겠다는 내용은 아니겠지? 떨리는 마음으로 확인해 보니 고맙다는 감사 인사였다.

회사에서 2000년도 초반에 나왔던 상품을 재출시하려고 했는데 당시 상품을 개발했던 직원들이 대부분 퇴사해서 상품에 대한 자료를 아무도 가지고 있지 않았다고 했다. 당시엔 인터넷도 활발하지 않았기 때문에 도무지 자료를 찾을 수 없었다고. 이대로 어둠 속에 묻힐 뻔했는데 우연히 검색해 보니 내 블로그에 상품의 이미지와 원재료, 영양 성분표가 남아있었던 것이었다. 그게 개발에 작게나마 참고가 되었다고 했다.

알레르기나 특정 음식을 못 먹는 사람들을 위해 블로그에 원재료와 영양 성분표 사진을 꼭 올리는데 이게 이렇게 의외의 곳에서 도움이 될 줄이야. 그런데 말이에요. 제 덕분에 재출시가 된 거면 메일 말고 상품 한 박스라도 보내줘야 하는 거 아니에요?

훈훈한 에피소드도 있지만 사실 왜 블로그에 악평을

썼냐는 불평 섞인 푸념들이 대부분이다. 예전에 모 편의점의 신상품 도시락이 너무 맛이 없어 도대체 누가 이런 거지 같은 도시락을 만드는 거냐며 혹평을 한 적이 있다. 그러자 며칠 후 해당 편의점 개발부 직원에게 메일이 왔다. 자신은 부하 직원인데 상품을 개발한 팀장님이 의욕을 잃고 며칠 동안 울고 있다며 악평을 쓰는 걸 삼가해 달라는 내용이었다. 정말이지 착한 부하 직원이다. 나라면 울거나 말거나 놔둘 텐데. 그 메일을 받은 이후로 맛이 없어도 지나치게 원색적인 비난은 삼가는 편이다. 되도록 돌려 까고 있다.

명절에 혼자인 당신을 위한
메뉴 추천서

시대가 변하면서 명절 풍경도 달라지고 있다. 이전에는 명절이 되면 아무리 바빠도 고향에 내려가 차례를 지내는 것이 당연했지만 1~2인 가구들이 늘어나고 사람들의 생활 패턴이 바뀌면서 그것도 옛말이 되었다. 회사 업무나 학업 등으로 명절을 혼자 보내는 사람들도 있고, 고향에 내려가더라도 연휴가 끝나기 전에 빨리 집으로 돌아와 휴식을 취하는 경우도 있다.

연휴에 집에 있을 때 제일 의지가 되는 것은 단연코

편의점이다. 대부분의 시장이나 마트가 연휴에는 문을 닫거나 단축 영업을 하기 때문에 1년 365일 문을 여는 편의점은 매우 고마운 존재다. 나 홀로 보내는 명절, 어떻게 하면 편의점을 100% 활용할 수 있을까?

혼자서도 명절 차림 상 그대로

나 홀로 명절족들은 사무치게 명절 음식이 먹고 싶지만 혼자 만들기에는 엄두가 나지 않아 컵라면이나 햄버거로 식사를 때웠던 기억을 하나쯤 가지고 있을 것이다. 이제는 그것도 안녕. 최근 편의점에서는 혼자 명절을 보내는 사람들을 위한 음식들을 출시하고 있다.

설날에 꼭 떡국을 먹어야 한 살 더 먹은 기분이 드는 당신에게 추천하는 메뉴는 세븐일레븐의 '사골떡국'과 '한상도시락'. 사골 육수에 떡과 각종 고명이 들어있어 뜨거운 물을 부어 전자레인지에 돌리기만 하면 먹음직한 떡국이 만들어진다. 여기에 도시락의 밥과 반찬까지 곁들이면 남부럽지 않은 든든한 설날 한 끼를 먹을 수 있다.

GS25에서도 '직화사골떡만두국'을 판매하고 있다. 일회용 냄비에 만두와 떡, 육수를 넣고 그대로 물만 부어 끓이면 되기 때문에 간편하다. 파나 고기 등의 고명도 들어있어 집에서 끓여 먹는 것 못지않은 맛을 자랑한다. 오뚜기에서도 물만 부어 전자레인지에 돌리면 간편하게 먹는 즉석 떡국인 '옛날쌀떡국'을 판매하고 있다.

방구석 영화관 메이트, 편의점 주전부리

혼자 지내는 명절의 즐거움에는 여러 가지가 있겠지만 뭐니 뭐니 해도 제일 즐거운 것은 방에 누워 뒹굴거리며 보는 특선 영화다. 어릴 때는 공중파나 케이블TV에서 틀어주는 영화를 봤지만 요즘은 넷플릭스, 왓챠 같은 IPTV 서비스가 활발해 보고 싶은 영화를 마음껏 볼 수 있다.

이때 빠질 수 없는 건 간식. CU의 '곰표오리지널팝콘'은 곰표밀가루에서 영감을 얻은 듯한 곰이 그려진 큼직한 패키지의 팝콘이다. 소금만 살짝 뿌린 제일 기본적인 맛으로 편의점에서 파는 팝콘의 3배 정도 되는 양이라 연휴 내내 먹어도 될 만큼 넉넉하다. 세븐일레븐의 '소이플라워팝콘'은 이름 그대로 팝콘에 콩가루를 입혔다. 기본 캐러멜팝콘에 콩가루를 더하기만 했는데 캐러멜과 고소한 콩가루가 어우러져 한번 먹으면 멈출 수가 없는 맛이다. 인절미나 설빙의 콩가루 디저트를 좋아한다면 추천. GS25의 '흑당브라운팝콘'은 기본 팝콘에 흑당시럽을 코팅했다. 흑당 특유의 쌉싸름하면서 달콤한 맛이 고소한 팝콘과 잘 어울린다.

　팝콘만으로는 출출할 때는 핫바나 핫도그도 좋은 선택지이다. 세븐일레븐에서 판매하는 '쟌슨빌핫도그'는 미국의 유명 브랜드 쟌슨빌 소시지를 사용해 고급스러운 소시지 맛을 느낄 수 있다. 칠리소스와 불고기가 토핑되었다. 이 밖에도 매대에는 나의 손길을 기다리는 수많은 핫바와 핫도그가 걸려있으니 내 입맛대로 골라보자.

혼자인 친구들끼리 모여 명절 포틀럭 파티

명절에 혼자라서 외롭다는 당신. 그렇다면 역시 혼자인 친구들을 소집해 작은 파티를 여는 건 어떨까? 나 역시 몇 년 전부터 일 때문에 고향에 내려가지 못하면 같은 처지의 친구들과 파티를 열곤 했다. 다들 바쁘다 보니 파티 음식은 각자 하나씩 구해 오도록 했다. 어디서? 편의점에서.

　파티에 술이 빠지면 섭섭한 법. 편의점의 꽃인 수입 맥주는 기본이다. 달콤한 술을 좋아한다면 사과로 만들어 마치 주스 같은 '써머비스'와 '애플폭스'를 추천한다.

169

다만 맛있다고 자꾸 들이키다가 한순간에 훅 갈 수 있으니 조심하자.

편의점 앱을 이용해 먹고 싶은 음식을 예약하고 근처 편의점에서 픽업할 수도 있다. 세븐일레븐에서는 앱을 통해 밀키트 서비스를 제공하여 간편하게 파티 음식을 만들 수 있는데, 프렌치프라이에 붉닭소스를 곁들인 '데빌불닭치즈프라이'와 '까르보불닭파스타', '소고기샤브샤브' 등 파티에 어울리는 일품요리들이 출시되어 있다.

명절은 끝났다, 가볍게 먹자

긴 연휴의 끝 무렵, 기름진 음식으로 삼시 세끼를 먹다 보면 속이 부대끼고 몸도 부은 것 같다. 평상시에는 거들떠 보지도 않던 가볍게 먹을 수 있는 음식이 그리워진다.

이럴 때 편의점 샐러드 코너를 이용해 보는 것은 어떨까. 속이 불편하지 않은 간편식으론 샐러드가 제격이다. 군고구마도 좋다. 한겨울 외에도 군고구마를 파는 편의점이 있으니 유용하다. 고구마는 칼로리도 낮고 섬유질도 많은 데다가 은근히 든든해 가볍게 한 끼 때울 때 먹기 좋다. 모든 편의점에서 파는 건 아니니 동네 편의점에서 군고구마 굽는 냄새가 풍긴다면 한 번 사 먹어보시라.

아르바이트생의 명절 편의점 풍경

편의점 아르바이트생은 보통 학생들이 많기 때문에 명절이 되면 부모님과 시골에 가거나 고향에 내려가기 위해 아르바이트를 쉬는 경우가 많다. 그래서 편의점 사장님들은 명절이 다가오면 인력을 구하기 위해 이리저리 뛰어다니곤 한다.

편의점에서 아르바이트를 할 때 기억에 남는 일이 있다. 아르바이트 일정이 잡혀있지 않았는데 설날 아침, 갑자기 편의점 사장님에게서 전화가 왔다. 연휴에 일하기로 한 아르바이트생이 무단결근을 했고, 다른 아르바이트생들은 고향으로 내려가 부를 수 없으니 근처에 사는 나에게 혹시나 하고 전화를 건 것이었다. 마침 차례도 다 지내서 시간이 남은 나는 대강 준비하고 편의점으로 향했다. 주택가 학교 앞에 있었던 그 편의점은 대부분의 주민이 시골로 내려가 왁자지껄하던 평소와는 달리 지나가는 사람 하나 없이 한적했다. 사장님과 교대하고 계산대를 지키고 있으니 자주 오시던 할머니가 두부를 사러 왔다.

"학생, 설인데 고향에 안 내려갔어?"

"저희 집이 큰집이라서요. 그냥 일하고 있어요."

그러자 할머니는 비타민 음료 두 개를 사서 하나를 나에게 주었다.

"그래도 명절에 혼자 일하면 안 되지. 이거라도 마시면서 일해요."

찬 음료였지만 할머니의 마음이 담겨서일까. 어쩐지 따뜻하게 느껴졌다.

10

편의점에서도
건강한 한 끼를

매일같이 조별 과제에 시험 준비에 야근에 낮과 밤이 뒤바뀐 올빼미 생활을 하다 보면 배달 음식과 패스트푸드, 편의점 도시락과 라면으로 끼니를 때우기 일쑤다. 잊고 있다가 체중계에 올라가면 절로 한숨이 나온다. 이제라도 식습관을 고쳐보자고 다짐하지만 여전히 식사를 챙길 시간은 없다. 이럴 때 건강도 챙기면서 간편하게 준비할 수 있는 것은 없을까?

편의점 음식은 칼로리가 높아 살찐다는 인식이 있지

만 잘 고르면 건강한 식사도 가능하다. 편의점에서 건강하게 먹을 수 있는 메뉴를 알아보자.

도시락 옆을 봐주세요, 샐러드

편의점 냉장 코너에는 도시락뿐만 아니라 여러 종류의 샐러드를 판매하고 있다. 물론 직접 채소를 사서 샐러드를 만드는 것보다는 비싸다고 여길 수 있지만 잘 생각해보자. 이제부터 건강하게 먹고 살기로 했다며 채소를 한가득 사서 샐러드를 만들어 먹기를 며칠, 그 후로 까맣게 잊고 몇 주 후 냉장고를 열어보니 야채 칸에 새로운 생태계(=곰팡이)가 형성되어 있었던 기억은 없는지.

매일 싱싱한 채소로 만든 샐러드를 먹을 수 있다는 것만 생각하면 1인 가구에겐 오히려 저렴한 가격일 수 있다. 그러나 야채만 먹으면 분명 속이 허할 터. 리코타치즈샐러드나 닭가슴살샐러드 등 단백질이 들어간 샐러드도 살펴보자.

아침엔 모닝두부

예전에는 생두부를 먹으면 방금 교도소에서 출소했냐는 말을 듣기 딱 좋았다. 하지만 최근에는 다이어트 열풍에 고단백 저칼로리라 건강에 좋은 음식으로 사랑받는다. '모닝두부'는 연두부를 1인용 분량으로 소포장해 식사 대용으로 먹을 수 있게 한 것이다. 오리엔탈드레싱이 별첨으로 들어있어 샐러드 느낌으로 먹기 좋다. 양은 적은 편이어서 다른 샐러드와 곁들여도 좋다.

온갖 종류의 삶은 달걀

편의점에 가면 기본 삶은 달걀부터 훈제란, 반숙란까지 여러 가지 종류의 달걀을 팔고 있어 취향에 맞게 골라 먹을 수 있다. 내가 편의점에 가면 꼭 사 먹는 것은 '감동란'이다. 달걀에 짭조름하게 간이 배어있고 노른자가 촉촉하게 익어 뻑뻑한 느낌 없이 먹을 수 있다. 먹으면 그 맛에 감동할 정도로 맛있어 감동란이라는 이름이 붙었나고 하는데 이름값을 하는 달걀이다.

✧
저칼로리 컵라면, 컵누들

야식을 먹지 않으리라 결심했는데도 국물 생각이 절실한
밤이 있다. 오뚜기의 '컵누들'은 밀가루 면 대신 당면으로
만든 면을 사용한 컵라면으로, 120kcal의 낮은 열량이라
한밤중에 얼큰한 국물이 당길 때 먹으면 좋다. 기본 매운
맛부터 우동 맛이나 마라 맛 등 다양한 종류가 있는 데다
당면이 아닌 잔치국수도 있으니 골라 먹는 재미가 있다.

✧
입이 심심할 때, 견과류

배가 고프진 않지만 입이 심심한 순간. 가짜 식욕이 나를
지배할 때, 초콜릿이나 과자보다 건강에 좋은 견과류를
먹으면 어떨까? 편의점에는 1인용 분량의 견과류를 판
매하고 있다. 아몬드, 마카다미아, 땅콩부터 여러 가지 견
과류가 섞인 상품까지 입맛대로 먹을 수 있다. 플레인 요
구르트에 넣어 먹어도 든든하다.

11

편의점이 비싸다고?
편견을 버려!

편의점에 대해 가지고 있는 가장 대표적인 편견은 비싸다는 것이다. 아르바이트할 때도 가끔 나이 드신 분들이 매장에 들어오셨다가 편의점이라는 사실을 알고 여기 비싼 곳 아니냐며 가격을 알아보지도 않고 황급히 나가는 경우가 있었다. 블로그에 달리는 악플 중 하나도 '절약하지 않고 편의점 음식이나 사 먹다니, 쯧쯧. 이러다가 언제 부자 되겠어'일 정도니 말 다 했다. 도대체 삼각김밥과 컵라면이 언제부터 부의 상징이 되었단 말인가.

편의점에서는 정가 판매를 하므로 마트나 할인점에 비하면 비싼 것은 사실이지만 편견과는 달리 편의점을 잘 이용하기만 하면 실속 있게 물건을 살 수 있다.

매월 열리는 행사

모든 편의점에서는 월 단위로 할인이나 증정 행사를 하고 있다. 특히 과자나 음료수, 우유 같은 상품들은 대부분 1+1이나 2+1 행사를 하고 있어 잘만 고르면 슈퍼나 마트에서 사는 것보다 저렴하게 구매할 수 있다. 도시락 신상품이 나오면 음료나 컵라면을 무료로 주는 판촉 행사도 자주 실시하니 놓치지 말자. 최근에는 카드사나 온라인 페이사와 제휴해 특정 카드로 물건을 구매할 때 할인을 해준다. 상품에 따라 50%까지 할인되는 경우도 있으니 내가 이용하고 있는 곳이 할인되는지 살펴보자.

더 저렴한 통새 상품

유제품과 아이스크림

대용량 우유는 마트가 더 저렴하지만 바나나, 딸기, 커피우유는 마트와 편의점 가격이 거의 비슷하다. 2+1이나 1+1을 적용하면 오히려 마트보다 훨씬 저렴하다. 하겐다즈나 나뚜루 같은 고급 아이스크림은 마트와 비교해도 가격이 크게 차이가 나지 않는다. 할인 행사를 자주 하기 때문에 편의점에서 사는 게 이득이다.

PB 과자

편의점마다 자체 브랜드인 PB 과자를 판매하는데 보통 한 봉지에 1,000원 정도로 저렴한 편이다. 종류도 다양해 굳이 마트에 가지 않아도 쉽게 간식을 즐길 수 있다.

도시락과 삼각김밥

마트에서도 도시락이나 삼각김밥을 팔고 있지만 편의점에 비하면 오히려 종류가 적고 비싼 편이다. 아무래도 혼밥을 하는 사람들이 마트보다는 편의점에 자주 가기 때문일 것이다. 푸드 상품은 편의점에서 사 먹는 것이 더 좋다.

편의점 앱

많은 편의점 앱에서는 매월 경품 행사를 하고 있다. 대부분 지정된 상품을 사면 추첨을 통해 경품을 증정하는 행사다. 확률은 낮지만 매월 꼬박꼬박 응모하다 보면 뭐든

당첨이 되니 포기하지 말고 꾸준히 응모해 보자. 특정 상품을 구매하면 100% 경품을 주는 행사도 자주 열리니 기억해 두면 좋다.

통신사 할인

은근히 쏠쏠하게 할인 혜택을 받을 수 있는 게 통신사 할인이다. 요즘은 누구나 핸드폰은 기본으로 가지고 있으니 적어도 편의점 중 하나는 통신사 할인 적용을 받을 수 있다.

세븐일레븐과 CU에서는 SKT 멤버십으로 구매할 경우 VIP와 골드 등급은 1,000원당 100원, 실버 등급은 1,000원당 50원이 할인된다. 다만 SKT는 행사 상품에 할인 적용이 안 된다.

GS25에서는 KT나 LG유플러스 멤버십으로 구매할 경우 VIP 및 골드 등급은 10% 할인, 실버 등급은 5%를 할인해 주고 있다.

이마트24에서는 KT 멤버십으로 구매 시 VIP 및 골드 등급은 10% 할인, 실버 등급은 5%를 할인해 주고 있다.

멤버십 혜택

편의점은 단가가 낮아 물건을 사도 적립되는 포인트는 쥐꼬리만 하다. 그러나 티끌 모아 태산이라는 속담도 있지 않은가. 편의점 덕후인 모 연예인도 편의점 멤버십이 몇 십만 점이라고 했다.

세븐일레븐은 롯데 계열사로 엘포인트를 적립하고 사용할 수 있다. 백화점이나 마트, 롯데리아 등 롯데 계열사인 곳을 자주 이용하면 은근히 포인트가 쌓이기 때문에 쌓아놓은 엘포인트를 유용하게 쓸 수 있다.

이마트24는 신세계포인트 가맹점으로 이마트, 신세계백화점, 스타벅스 등에서 적립, 사용이 가능하다. 신세계 계열 매장을 자주 간다면 쏠쏠하다.

GS25에서는 랄라블라, GS프레시몰, GS칼텍스 등에서 적립, 사용이 가능하다. GS칼텍스에서 주유를 주로 하는 사람들은 적립하기 쉬운 포인트이다.

CU는 CU포인트라는 자체 포인트를 가지고 있다. 그렇기 때문에 다른 편의점 포인트에 비해 적립이 어려운 편이다. 상품 구매 시 포인트를 추가로 적립해 주는 이벤트를 자주 실시하고 있으니 현명하게 이용해 보자.

통신사 할인이나 멤버십 혜택의 경우 편의점 업체 사정에 따라 운영을 중단하거나 변경이 있을 수 있으니 각 편의점 홈페이지에서 업데이트된 내용을 확인하자.

1+1을 아르바이트생과 함께

편의점에서 아르바이트할 때 가끔 2+1이나 1+1 상품의 증정품을 주는 손님이 있었다. 가방에 증정품까지는 안 들어간다거나 아이스크림 같은 경우 녹아서 바로 못 먹는다는 이유로 선뜻 기증하는 경우가 대부분이었다. 일이 힘드니 먹으면서 하라고, 수고하시라고 따뜻한 한마디와 함께 말이다.

이제 이런 훈훈한 광경은 보기 어려울 것 같다. 최근 많은 편의점에서 증정 상품을 앱에서 보관하는 서비스를 하고 있기 때문이다. 해당 편의점 앱에 쿠폰으로 보관해 두었다가 기한 내에 가져갈 수 있게 한 것이다. 소비자 입장에서는 나중에라도 상품을 받을 수 있으니 편리하고 유용한 서비스이다.

12

아플 때가 제일 서럽다,
임시 약국 편의점

친구들과 부산에 당일치기 여행을 떠났다가 회를 잘못 먹었는지 집으로 돌아오자마자 장염으로 앓아누운 적이 있다. 음식은커녕 음료수만 마셔도 게워낼 정도로 몸 상태가 나빠져 아무것도 먹지 못한 채 집에서 골골거리며 누워있을 수밖에 없었다. 병원에 가려고 했지만 주말이라 동네 병원은 문을 닫았고 몸에 힘이 하나도 들어가지 않아서 집 밖으로 나가는 것조차 힘들었다. 그때 도움이 된 것이 집 바로 앞에 있던 편의점이었다.

아무것도 먹을 수 없지만 뭐라도 먹지 않으면 죽을 것 같아 그나마 마실 수 있었던 이온 음료와 보리차를 되는대로 쓸어 담아 그걸 마시면서 주말을 보냈다. 편의점 아르바이트생은 퀭한 눈으로 이온 음료를 싹쓸이해 가는 나를 어떤 눈으로 바라봤을까.

❁

전자레인지에 데우면 끝, 즉석 죽

아플 때 제일 만만한 것이 죽이다. 밥보다 죽이 잘 넘어가기도 하고, 전자레인지에 돌리기만 하면 바로 먹을 수 있어 아플 때 가볍게 먹기 좋은 음식 중 하나이다.

전복죽

전복이라는 이름이 가지는 고급스러운 어감 때문에 편의점에 가면 나도 모르게 사고야 마는 상품. 실제로 즉석 죽 중에서도 제일 잘 팔리는 죽이라고 한다. 전복이 얼마나 들어갔을지는 장담할 수 없지만 깔끔한 바다의 향과 참기름의 고소함이 식욕을 돌아오게 한다.

소고기죽

전복죽의 뒤를 이어 두 번째로 많이 팔린다는 소고기죽.

짭조름하게 간이 된 소고기와 작게 썰려 있는 각종 야채
가 맛있다. 해산물보다 고기를 선호한다면 추천한다.

단팥죽과 호박죽

건더기만 다른 비슷비슷한 맛의 죽에 질렸을 때 별미로
먹어주면 좋은 단팥죽과 호박죽. 죽 애호가들은 굳이 아
프지 않더라도 간식으로 먹기도 한다.

컵수프

따끈한 수프도 빼놓을 수 없는 메뉴. 아플 때는 냄비에
끓이는 수프보다는 물만 부어 바로 먹을 수 있는 컵수프
가 더 간편하다. 수프만으로는 허전하다고 생각될 때는
크래커나 빵을 같이 먹어주면 든든하다.

복숭아 통조림과 아이스크림

열이 나면 달콤하고 차가운 것들이 먹고 싶어질 때가 있
다. 어지러운 머리를 부여잡고 따뜻한 이불 속에서 먹는
차가운 디저트는 기운이 나게 하는 음식이다. 감기에 걸
릴 때 내가 자주 먹었던 디저트는 복숭아 통조림. 큰 대
접에 복숭아 통조림과 사이다를 붓고 얼음을 동동 띄우

185

면 호프집 안주 못지않다. 정작 맥주를 마실 때는 양이 차지 않아 잘 먹지 않지만 아플 때마다 생각난다. 아이스크림도 마찬가지이다. 아플 때 나를 위로해 주는 선물로 평소에는 비싸서 못 먹었던 하겐다즈나 나뚜루 같은 고급 아이스크림을 먹어준다.

급할 땐 편의점에서, 안전 의약품들

주말이나 연휴에 갑자기 아프면 약을 구하는 것도 문제다. 대부분의 동네 약국이 문을 닫기 때문이다. 만일의 상황을 대비해 상비약을 준비해 두는 게 제일 좋지만 약이 떨어지거나 미리 사두지 않았다면 끙끙 앓으면서 휴일을 보내야 하는 경우도 있다. 하지만 최근에는 편의점에서도 진통제나 종합 감기약, 소화제 같은 상비약을 판매하고 있어 주말에 아프면 어쩌나 하는 고민을 덜어준다.

약을 살 때 약사의 설명을 들을 수 없고, 판매되는 약의 종류가 제한적이라는 단점이 있지만 365일 24시간 내가 원할 때 언제든지 약을 구할 수 있다는 사실만으로도 어쩐지 든든한 느낌이다. 하지만 혼자 산다면 상비약은 제대로 준비해 두자.

13

꼴라는 주목!
숙취 해소 아이템

오피스가에 있는 편의점에서 오전 파트타임으로 일한 적이 있다. 당시 숙취에 괴로워하며 숙취 해소 음료를 계산하는 직장인들을 자주 마주쳤다. 신나게 술을 퍼마실 때는 좋지만 문제는 다음 날 아침이다. 쓰린 속과 지끈지끈 울리는 머리, 마음 같아서는 일이고 뭐고 한숨 더 자고 싶지만 그랬다가는 회사에 내 사리가 없어지겠지. 숙취로 힘든 날, 편의점에서 도움을 받을 수 있는 아이템을 소개한다.

숙취 해소 음료

숙취 해소라고 하면 바로 생각나는 것은 '컨디션'이나 '모닝케어', '여명 808' 같은 음료다. 술을 마시기 전에 미리 한 병 마셔두면 속이 든든하다. 물론 효과만 믿고 과음하다가는 요단강을 건널 수 있으니 조심하자. 단점은 호불호가 갈린다는 것. 음료라기보다는 약에 가까운 맛이라 사람에 따라서는 입맛에 안 맞을 수도 있다. 가격이 일반 음료에 비해 비싸 내 돈 주고 사 먹기 아깝다는 것도 단점이다. 2+1 행사할 때 친구들과 같이 사 마시는 것도 방법이다.

아이스크림

술을 많이 마시면 목이 칼칼해지면서 시원한 게 당긴다. 그래서인지 술 마시고 난 뒤 해장용으로 아이스크림을 찾는 사람들이 은근히 많은 편이다. 나만 해도 술을 많이 마시면 편의점에서 신상품 하겐다즈 아이스크림을 사 먹은 뒤 잠에 들곤 했다. 아이스크림의 차가움이 속을 달래주는 느낌이랄까.

꿀물과 커피

숙취 해소 음료 이전부터 꿀물은 술꾼들에게 사랑받는
음료였다. 꿀물에 들어있는 당분과 수분이 숙취 해소에
도움이 된다고 한다. 한편, 술을 마시고 몽롱한 정신을 깨
우기 위해 커피를 마시는 사람들도 있다. 정신이 드는 데
는 좋지만 커피를 많이 마시면 카페인의 이뇨 작용 때문
에 탈수 증상을 일으켜 숙취를 악화시킬 수 있으니 조심
하는 것이 좋다.

갈아만든배와 배 아이스크림

배가 숙취 해소에 좋다는 사실을 알고 있는가. 과즙이 풍
부하고 배에 함유된 아스파라긴산 성분이 체내의 알코올
을 해독하는 작용을 하기 때문이다. 배의 숙취 해소 효과
가 입소문을 타고 알려지면서 배가 들어간 음료와 아이
스크림이 호황을 맞게 되었다.

　해태의 장수 음료인 '갈아만든배'의 경우 해외 유명
남성잡지인『GQ』에서 그 효능이 입증된 바 있다. 2016년
호주『GQ』에서 호주 연방과학산업연구기구CSIRO에 의

뢰해 실험한 결과, 술을 마시기 전 갈아만든배를 마시면 실제로 숙취가 줄어들었다고 한다. 특히나 숙취로 인한 집중력 저하를 가장 잘 막아줬으며 두통도 예방하는 것으로 나타났다. SNS의 입소문과 세계화의 힘으로 구닥다리 음료로 생각되던 갈아만든배가 갑자기 숙취 해소의 제왕으로 군림하게 되었다.

음료수보다는 아이스크림이 취향이라면 배가 들어간 아이스크림을 먹어보는 것은 어떨까. 해태 '탱크보이'나 롯데의 '와' 배 맛은 아삭아삭 씹히는 얼음과자에 배즙이 들어있어 시원하게 먹을 수 있다. 술 취한 여름날, 몽롱한 정신을 깨우는 데 안성맞춤이다.

탄산음료

탄산의 톡 쏘는 맛이 순간적으로 정신을 번쩍 들게 하는 효과가 있다. 숙취 해소용으로 콜라나 사이다를 즐기는 사람들이 은근히 많을 정도. 하지만 탄산음료를 너무 많이 마시면 안 그래도 쓰린 속이 더 쓰려지는 부작용이 있으니 주의하자.

컵라면

해장에는 역시 뜨끈한 국물! 이럴 때는 북엇국 한 그릇 시원하게 먹고 싶지만 그런 여유를 부리다가는 지각을 면할 수 없다. 그래서인지 아침 오피스가 근처 편의점을 둘러보면 컵라면으로 아침 식사 겸 해장하는 사람들이 꽤 보인다. 빠르고 간편하게 해장용 국물을 먹을 수 있어 바쁜 직장인들에게 사랑받는 것이다.

해장으로 추천하는 컵라면은 '사리곰탕'이나 '튀김우동'처럼 맵지 않은 국물의 라면이다. 너무 맵거나 기름진 국물을 먹으면 술로 망가진 위벽이 골로 갈 수 있으니까.

숙취 해소 젤리

편의점 젤리 코너에서 숙취 해소 젤리를 발견하고 신기해했다. 상품 정보를 읽어보니 과일 맛 젤리에 강황과 대두, 효모 성분이 들어가 숙취를 해소해 준다고 한다. 먹어 보니 그냥 맛있는 과일젤리다. 술이 깰지는 의심스럽지만 맛있으니 별 상관없으려나?

술꾼들을 위한 편의점 이용 팁

숙취 해소 음료가 제일 잘 팔리는 요일은 언제일까? 정답은 금요일과 토요일이다. 불금과 불토에 신나게 술을 마시기 위해 준비해 두는 것. 그렇다면 1년 중 숙취 해소 음료가 제일 잘 팔리는 달은? 당연히 12월일 것이다. 송년회, 크리스마스, 가족 모임 등 음주할 기회가 많아져 숙취 해소 음료 판매량이 급증한다고 한다. 편의점에 숙취 해소 음료가 동날 수도 있으니 잘 챙겨두자.

14

편의점에서 즐기는
아침 식사

하루를 든든하게 보내고 싶으면 아침을 든든하게 먹으라는 말이 있다. 어린 시절엔 그나마 부모님이 아침을 챙겨줬지만 독립한 지금, 내 밥을 챙겨주는 건 나밖에 없다. 생각 같아서는 아침 일찍 일어나 집에서 우아하게 아침 식사를 즐기고 싶지만 현실은 시궁창. 겨우 알람을 듣고 아슬아슬하게 일어나 대충 세수만 하고 뛰쳐나가니, 아침 식사는커녕 지각을 안 하면 다행일 지경이다. 점점 회사 앞에 있는 편의점에 의지하게 된다.

우유와 마시는 요구르트

편의점에서 아침에 제일 잘 팔리는 것 중 하나가 바로 이 우유와 마시는 요구르트이다. 아침에 오피스가 밀집된 곳의 편의점에 가면 직장인들 손에 우유와 마시는 요구르트를 들고 줄을 서 있는 풍경을 자주 보았다. 걸어가면서 마실 수 있고, 다 마시면 은근히 배가 불러 간편한 아침 식사로 사랑받는다.

오늘도 카페인 충전, 커피 한 잔

전날 충분히 잤어도 여전히 졸음이 쏟아지는 출근길. 이럴 때 우리의 정신을 번쩍 들게 하는 건 국가가 우리에게 허락한 얼마 안 되는 마약, 카페인이다. 편의점에서 잘 나가는 상품은 설탕이 들어있는 캔 커피나 커피우유다. 배도 채우고 카페인도 충전할 수 있어 평일에는 언제나 편의점에서 커피우유를 산다. 하루도 빠지지 않고 커피우유를 마시니 가끔 연차나 휴가로 편의점에 가지 않을 때는 편의점 사장님이 내 안위를 걱정해 주시기도 했다.

하루의 시작을 상큼하게, 편의점 과일

간편하게 먹을 수 있는 바나나는 아침 식사로 애용하는 과일이다. 한 개나 두 개 단위로 포장이 돼 있어 양도 적당하다. 컵과일도 편의점에서 잘 팔리는 아이템. 사과나 파인애플, 포도 등의 과일이 먹기 좋게 손질되어 컵에 담겨있어 껍질이나 씨 같은 음식 쓰레기가 생기지 않아 뒤처리도 간편하다.

삼각김밥

아침에는 무조건 밥을 먹어야 힘이 나는 밥심의 후예라면 단연코 삼각김밥이 필수일 것이다. 도시락과 비교해 부담 없는 양이라 속이 부대끼는 느낌도 없다. 하나만 먹어도 좋고, 조금 부족하다면 하나 더 추가하자.

15

급할 때는 나만의 오아시스, 편의점

사람들의 편의를 위한 물건들이 즐비한 편의점. 내가 편의점에 가는 이유의 팔 할은 식사 해결이지만 생필품을 사러 가는 경우도 꽤 있다. 급하게 필요한데 어디로 가야 할지 우왕좌왕할 때, 늦은 밤 문 닫힌 상가 속에서 배꼼 빛나는 편의점 간판이 어찌나 반갑던지. 생활용품을 누구나 쉽게 살 수 있도록 하는 편의점의 영업 방식에 고마운 적이 한두 번이 아니었다. 나를 구한, 그리고 우리를 구한 편의점의 대표적인 생활용품에는 무엇이 있을까.

내가 사기만 하면 비가 그치는 우산

급할 때는 비싸도 무조건 사야 하는 물건 1위인 우산, 분명 일기예보에서는 온종일 맑다고 했지만 갑작스럽게 소나기가 쏟아지는 날이 있다. 전방의 다이소에서는 편의점보다 싸게 파는 것을 알고 있지만 거기까지 뛰어가다가는 홀랑 젖어버릴 게 뻔해서 눈물을 머금고 회사 앞 편의점에 들러 우산을 사게 되고야 만다. 비가 올 때마다 사서 쌓여가는 편의점 우산이 거의 십여 개. 편의점의 우산 담당 MD들은 오늘도 갑작스러운 비를 기원하며 기우제를 지내고 있지 않을까?

예기치 못하게 오는 그날, 생리대

늘 잘 준비한다고 생각하고 있으나 종종 챙기는 걸 까먹게 되는 여분용 생리대. 여분용 생리대도 없이 그날을 맞이하게 됐을 때 편의점만큼 도움이 되는 곳이 없다. 마트와 달리 편의점에서는 4개 단위로 포장되어 있는 포켓 사이즈 생리대가 제일 잘 팔린다. 크기가 작아 가방에 쏙 들어간다는 장점 때문이 아닐까 싶다. 1+1 행사를 하는

2장 당신의 편의점은 어떤신가요

상품이 많으니 잘 눈여겨보아 두었다가 미리미리 그날을 대비해 보는 건 어떨까.

사라지지 않은 이력서

요즘에는 보통 메일이나 회사 홈페이지를 통해 이력서를 제출하기 때문에 종이 이력서를 사용할 일이 거의 없지만 규모가 작은 식당이나 카페에서 아르바이트를 구할 때는 아직도 종이 이력서를 받는 곳이 많다. 그래서인지 진열하면 꾸준히 팔린다. 없어질 듯 하면서도 꾸준히 명맥을 유지하고 있는 상품이다.

컴퓨터용 사인펜과 연필

의외로 휴일에 학교 근처 편의점에서 잘 팔리는 아이템이 컴퓨터용 사인펜과 연필이다. 휴일에 학교에서 어학 시험이나 자격증 시험을 볼 때 필기도구를 깜박하고 챙겨 오지 않는 수험자들이 많아 은근히 잘 팔리는 것이다. 시험 보는 여러분들, 쓸데없는 지출을 하지 않으려면 필기도구는 미리미리 챙겨두도록 합시다.

여행용 세면도구 세트

짐을 쌀 때는 제대로 챙겼다고 생각했는데 정작 여행지에 도착하면 꼭 한두 가지씩 보이지 않는 나의 세면도구. 이럴 때는 숙소 근처 편의점에서 여행용 세면도구 세트를 사서 쓰곤 한다. 마트에서 사는 것보다는 비싸지만 당장 머리를 감기 위해서는 울며 겨자 먹기로 살 수밖에 없다. 그나마 요즘에는 세트가 아닌, 작은 용량의 개별 상품도 판매해 필요한 것만 골라 살 수 있게 되었다.

조금은 부끄럽다, 콘돔

어느 뉴스에 따르면 1년 중 편의점에서 콘돔이 제일 많이 팔리는 날은 크리스마스와 크리스마스이브라고 한다. 늦은 밤, 약국도 닫아 콘돔을 살 곳이 없는 젊은이들이 편의점으로 몰리는 것일 테다. 콘돔은 편의점에서 담배와 함께 도난이 많은 물품이기도 하다. 콘돔을 사는 걸 쑥스럽게 생각해 슬쩍 가져가거나 짓궂은 학생들이 호기심에 훔치는 경우다. 빈 재고를 메꿔야 하는 알바생은 고통스럽다. 호기심은 호기심으로 남겨두자.

199

16

나날이 진화하는
편의점 서비스

편의점은 음식만 발전하는 것이 아니다. 생활에 필요한 각종 서비스를 편의점에서 쉽게 해결할 수 있다. 이런 편리함이 일상을 풍요롭게 만들어준다는 것을 깨달은 후로 나는 더욱더 편의점 없이는 살 수 없는 인간이 되었다. 팬데믹 시기의 수혜 업종으로 떠오른 편의점은 우리에게 더 많은 서비스를 제공하려고 고군분투 중이다. 알지 못해도 사는 데 지장은 없지만, 알면 더 좋은 편의점 서비스들을 소개한다.

집 밖에 나가기도 귀찮을 때

가깝고 편하게 이용할 수 있어서 편의점이라고 하지만 가끔은 그 편의점조차 가기 귀찮을 때가 있다. 이럴 때 누가 집 앞까지 배달해 주면 정말 좋을 텐데.

이런 생각을 읽기라도 한 듯, 현재 대부분의 편의점에서는 요기요와 제휴하여 편의점 배달 서비스를 하고 있다. 요기요에 편의점 배달 메뉴로 들어가 점포를 검색하고 물건을 주문하면 끝. 도시락부터 과자, 음료, 생활용품에 이르기까지 편의점에서 파는 대부분의 상품들을 살 수 있다. 술과 담배는 예외 품목. 1+1이나 2+1 같은 행사가 그대로 적용되어 저렴하게 물건을 구매할 수 있는 것도 장점이다. 단점이라면 별도 배달 비용이 든다는 것과 집까지 배달이 오는 데 시간이 걸린다는 것. 어떨 때는 내가 나가서 사는 게 나을 정도로 느릴 때가 있다. 정말로 손 하나 까딱하기 싫은 날에 이용해 보자.

배달의 민족에서도 'B마트'라는 서비스를 운영하고 있다. 즉석식품과 생활용품 등을 1시간 내에 배달해 주는 서비스로, '초소량 번쩍 배달'이라는 컨셉이 편의점 배달 서비스와 많이 닮았다.

택배, 쉽게 보내세요

택배를 보내야 할 물건이 있는데 우체국은 멀리 있고, 택배 회사에 접수하려면 시간이 걸려 번거로울 때가 있다. 이럴 때 편의점 택배 서비스가 그렇게 유용할 수 없다. 편의점은 24시간 연중무휴 택배 접수를 받는다는 게 가장 큰 장점이다. 또한 편의점마다 차별화된 서비스를 운영하고 있어 본인의 필요에 맞게 이용할 수 있다. 크기가 큰 택배는 접수받지 않을 수도 있으니 잘 알아보자.

세븐일레븐은 롯데 계열 온라인몰에서 주문한 상품을 원하는 점포에서 받거나 반품할 수 있는 '스마트픽' 서비스를 제공하고 있다. 휴대폰으로 받은 교환권을 점포에 가서 보여주면 바로 상품과 교환이 가능하다. 인터넷에서 쇼핑하고, 물건은 퇴근길에 집 근처 편의점에서 안전하게 수령할 수 있으니 바쁜 현대인이나 1인 가구에 딱 맞다.

CU는 택배 접수를 대행해 주는 'CU홈택배', CU 점포간에 배송이 가능한 'CU끼리택배'를 운영하고 있다. CU홈택배는 앱을 통해 택배를 접수하면 집으로 배송 기사가 방문하는 형태로, 집에서 편하게 택배를 보낼 수 있다. CU끼리택배는 고객이 보내는 점포에서 받는 사람에게 제일 가까운 CU 점포로 배송하는 시스템으로, 배송 기간은 4~6일 정도로 일반 택배에 비해 다소 느리지만 배송비가 1,600원부터 책정되어 저렴하다는 게 장점이다.

　GS25에서는 '반값택배' 서비스로 택배비를 절약할 수 있고, 택배 할인 서비스인 '프라임클럽' 서비스를 운영하고 있다. 고객이 일정 금액의 회비를 내고 가입하면 택배 할인쿠폰과 GS25 모바일 상품권을 지급하는 서비스이다. 정기적으로 택배를 이용하는 사람에게 유용하다.

공과금 납부 서비스

알고 계시나요, 편의점에서 공과금 납부가 가능하다는 것을? 2000년대부터 시작한 이 서비스를 2020년까지 편의점에서 하고 있을 줄은 몰랐다. 요즘은 대부분 인터넷 뱅킹을 통해 공과금을 납부하고, 카드나 자동이체로 쉽게 처리하는 경우도 많기 때문이다. 요즘 같은 시대에 굳이 편의점까지 지로용지를 들고 가서 공과금을 내는 사람이 있을까, 이젠 유명무실한 서비스가 아닐까 생각했는데 의외로 이용하는 사람이 많다고 한다. 노년층은 대부분 인터넷 뱅킹을 사용할 줄 모르고 멀리 있는 은행까지 가기에는 기력이 소진되기 때문에 집 가까이에 있는 편의점을 이용하는 비율이 높다. 젊은 사람들에게는 필요가 없더라도 노인들에게는 큰 도움이 되는 서비스라고 생각하니 없어지지 말고 계속 운영했으면 한다.

현금이 급할 때는 편의점으로

대부분의 소비를 카드와 간편결제로 해결한다고 해도 살다 보면 급하게 현금이 필요할 때가 있다. 축의금 혹은 부의금을 내야 할 때라든지, 상품권을 구매할 일이 있다든지, 아니면 맛집이라고 해서 가봤더니 현금만 받는 배짱 장사 가게였다든지(세무서의 쓴맛을 봐야 할 텐데). 그럴 때 근처에 편의점뿐이라면 이용할 만하다.

편의점 ATM

은행 ATM은 없고, 돈을 뽑아야 할 때 급하게 이용할 수 있는 게 편의점의 ATM 서비스. 대부분의 편의점에서 이 서비스를 운영하고 있어 현금이 필요할 때 요긴하다. 편의점과 은행에 따라 수수료를 면제해 주는 경우도 있으니 잘 참고해서 이용하면 피 같은 수수료를 안 낼 수 있다.

POS 현금 인출 서비스

CU에서 운영하는 이 서비스는 ATM을 통하지 않고 편의점 카운터에서 현금을 받을 수 있다. 카드로 물건을 살 때 현금 인출을 요청하면 '물건 대금+인출요청 금액+수수료'가 카드로 결제되고 손님은 물건과 함께 요청한 현금을 받게 된다. 현재 금융결제원과 제휴된 시중 16개 은행에서 발급된 카드로 이용할 수 있다. ATM 기계가 근처에 없어도 바로 이용할 수 있고 수수료도 건당 800원으로 ATM기의 현금 인출 수수료보다 저렴하다. 하루에 1번 10만 원 이하만 가능하며, 출입문에 서비스 가능 스티커가 붙어 있는지 확인하고 이용하자.

라스트 오더

편의점에서 유통기한이 아슬아슬한 상품들을 보면 마트 행사처럼 '이거 좀 싸게 팔면 안 되나?'라는 생각을 한 적이 있다. '라스트오더'서비스는 조금이라도 더 싸게 사고 싶은 소비자들의 욕구와 유통기한이 지나기 전에 빨리 팔고 싶은 사장님들의 욕구를 다 만족시키는 서비스이다. 유통기한 임박 상품을 거래하는 플랫폼인 '라스트오더'와 협업해 도시락, 삼각김밥, 샌드위치, 김밥, 우유 등의 신선식품을 30~40% 할인된 가격에 판매한다. 앱으로 근처 점포를 검색해 유통기한이 임박한 상품을 구매하면 바코드를 발급받게 된다. 점포에 가서 바코드를 보여주고 상품과 교환하면 된다. 소비자, 판매자, 그리고 환경까지 고려한, 그야말로 세 마리 토끼를 잡은 똑똑한 서비스가 아닐 수 없다. 현재 CU와 세븐일레븐에서 운영 중이고 앞으로는 다른 편의점과도 제휴할 예정이라고 한다.

잔돈은 적립하기

편의점에서 현금으로 물건을 사면 딸려 오는 잔돈이 귀찮을 때가 있다. 지갑에 쌓이는 것도 귀찮고 요즘은 카드를 주로 사용하다 보니 쓸 일도 별로 없다. 이럴 때 유용한 게 '잔돈 적립 서비스'이다. 편의점에서는 현금으로 물건을 산 뒤 거스름돈을 받을 때 교통카드나 멤버십 포인트로 적립해 주는 서비스를 운영하고 있다.

세븐일레븐은 캐시비와 엘포인트, 네이버페이 포인트, CU는 티머니, 캐시비, 신한FAN머니, 하나머니, 이마트24는 SSG머니로 적립이 가능하다. 적립된 포인트는 대중교통 승차나 쇼핑 등에 이용 가능하고, 은행 계좌를 지정하면 현금으로 받을 수도 있다.

17

나의 해외여행 필수 코스 편의점

해외여행을 가면 내가 제일 먼저 찾는 곳은 관광 명소가 아닌 숙소 근처의 편의점이나 마트이다. 그래서 친구들은 가끔 나를 보면 외국에 놀러 온 건지 장을 보러 온 건지 모르겠다고 타박을 주기도 했다. 하지만 그 나라 사람들이 이렇게 사는지를 가까이에서 체험할 수 있는 곳은 누가 뭐래도 편의점이 아닐까. 한국과 비슷하면서도 확연히 다른 상품들을 보면 그제야 다른 나라에 와있다는 실감이 나곤 한다.

한정판 맥주와 호로요이, 그리고 술 파티

저녁에 아무리 맛있는 술과 음식을 먹어도, 호텔 침대에 펼쳐놓고 먹는 편의점 야식의 매력을 이길 수 없는 건 어째서일까? 한밤중이 되면 나도 모르게 호텔 근처 편의점을 어슬렁거리며 야식 메뉴를 고르고 있다.

내가 편의점에 들어가면 제일 먼저 체크하는 건 한정판 맥주가 있는지다. 특히 일본은 기본적으로 판매하는 맥주 외에도 계절에 따른 한정판 맥주들을 수시로 출시한다. 색다른 종류의 홉을 사용하거나 계절 과일을 첨가하는 등 평소 마시던 맥주와 다른 맛을 즐길 수 있어 편의점에 가면 무조건 고른다. 일본 여행에서 마셨던 맥주들 중 제일 신기했던 건 밸런타인데이 한정 초콜릿맥주였다. 다크초콜릿을 넣은 맥주로 카카오의 쌉쌀한 맛이 맥주랑 잘 어울렸던 기억이 난다.

과즙이 들어간 탄산주인 '츄하이'도 배놓을 수 없다. 과즙이 있어 깔끔하고 맥주보다 도수가 낮아 부담이 없기 때문에 가볍게 마시고 싶을 때 즐겨 찾았다. 여성들에게 제일 인기 있는 츄하이는 바로 '호로요이'. 일반 츄하이보다 과즙 함량이 높은 저알코올 탄산주로 주스를 마시는 것 같은 달콤함이 특징이다. 술을 잘 못 마시는 사람도 부담 없이 마실 수 있다. 일본에서는 100엔 초반대로 저렴한 술이지만 한국에서 사면 비싸기 때문에 여행을 가면서 쟁여 오는 사람들이 있을 정도였다.

색다른 안주도 별미

술도 술이지만 안주가 없어서야 술을 먹는 맛이 나지 않는다(안주를 먹지 않는다는 선택지는 없다). 무난하게 고르는 안주는 편의점 즉석식품이다. 일본식 순살치킨인 가라아게나 춘권튀김, 크로켓 등의 튀김류가 1인분 단위로 포장돼 있어 맥주와 같이 가볍게 먹기 좋다. 느끼한 게 걱정이라면 샐러드나 피클을 추가한다.

한겨울에 여행할 때는 따끈한 국물이 당겨 주로 편의점 어묵탕을 안주로 먹었다. 일본에서는 겨울이 되면 편의점 계산대 옆에 커다란 냄비를 갖춰놓고 어묵탕을 판다. 구비된 플라스틱 용기와 집게, 국자를 이용해 셀프로 집어 계산하는 거라 일본어를 잘 몰라도 눈치로 가능하나. 역시 제일 만만한 건 어묵 종류. 맛도 우리나라 어묵과 크게 다르지 않아 안심하고 먹을 수 있다.

조금 색다른 걸 원한다면 카베츠롤도 별미다. 다진 소고기를 양배추로 감싼 롤로 먹기 전에는 양배추랑 어묵탕이 어울릴까 싶지만 막상 먹어보면 촉촉하게 익은 양배추와 고기가 어묵탕 국물과 잘 어울린다. 하얀 마시멜로 같은 어묵인 한펜은 폭신폭신한 식감이어서 한번 먹으면 빠져나올 수 없는 맛이다.

과하지 않게 먹고 싶을 때는 실곤약이나 무를 주로 찾았다. 국수처럼 후루룩 넘어가는 실곤약과 어묵탕 국물이 스며든 말캉한 무는 칼로리도 낮으면서 맛있기까지 한, 다이어트에 좋은 어묵탕 건더기다. 하지만 다들 알고 있을 것이다. 한밤중에 술을 먹는 시점에서 이미 다이어트는 물 건너갔다는 것을.

간단하게 먹고 싶을 때는 오징어나 치즈, 감자칩 같은 가벼운 스낵류 안주를 고른다. 가볍게 츄하이와 함께 먹어주니 천국이 따로 없다.

하루 3번, 편의점 디저트

일본 편의점의 또 다른 매력은 냉장 쇼케이스에 진열된 디저트다. 숙소 근처 편의점에서도 얼마든지 간편하게 먹을 수 있었고, 무엇보다 저렴하다. 편의점 디저트의 퀄리티도 점점 좋아져서 백화점이나 전문점에서 파는 디저트와 비교해도 손색이 없을 정도다.

편의점 디저트 No. 1 모찌롤케이크

많은 사람들이 일본에 가면 꼭 먹어봐야 하는 것으로 꼽는 편의점의 모찌롤케이크. 얇은 스펀지케이크 안에 생크림이 빵빵하게 들어차 있다. 떡처럼 폭신폭신 쫀득한 식감과 입 안 가득 퍼지는 부드러운 크림의 맛이 우리나라의 어지간한 디저트 전문점보다도 고급스러운 맛이다. 게다가 200엔 정도의 저렴한 가격이라 한국인 여행객들 사이에서는 일본에 가면 꼭 먹어야 할 편의점 음식으로 인기를 끌었다. 우리나라 편의점에서도 해당 상품을 벤치마킹해 판매했을 정도이니 그 인기를 짐작할 수 있다.

한국에서도 팔아줘요, 편의점 푸딩

일본에서는 대중적인 디저트지만 우리나라에서는 어쩐지 푸딩의 인기가 덜하다. 한때 CJ에서 '쁘띠첼푸딩'이라는 이름으로 나와 반짝 히트 친 적이 있긴 하지만 얼마 지나지 않아 사라졌다. 어째서일까? 나를 포함한 전국의 수많은 푸딩 덕후들이 적어도 하루에 한 개씩 사 먹어 줬는데. 우리나라 사람들은 푸딩 같은 흐물흐물한 식감의 디저트를 좋아하지 않는다는 이야기도 있지만 진실은 저 너머에. 그래서 일본에 가면 무조건 하루에 한 개씩 편의점 푸딩을 먹어주곤 했다.

친구 중에는 나보다 더한 푸딩 덕후가 있었다. 그 친

구는 일본에만 가면 하루에 세 번씩 편의점 푸딩을 사 먹는다. 아침에 눈 뜨자마자 한 번, 점심 먹고 디저트로 한 번, 자기 전에 마무리로 한 번. 한국에 가면 구하기 어려운 푸딩들을 먹을 수 있을 때 최대한 많이 먹어둔다는 것이었다. 이쯤 되면 여행을 온 김에 푸딩을 먹는 걸까, 푸딩을 먹으러 여행을 오는 걸까.

언젠가 그 친구랑 일본 여행을 갔을 때, 한국에 가서 먹으려고 공항 편의점에서 푸딩을 몇 개 산 적이 있었는데 수화물 검사에서 딱! 걸리고 말았다. "독극물이나 인화물질도 아닌데 어째서죠?"라는 물음에 생각지도 못한 대답이 돌아왔다.

"푸딩은 액체입니다."

이걸 아까워서 버릴 수도 없고. 친구와 나는 검색대에 서서 푸딩을 허겁지겁 흡입하고 나서야 출국장에 들어갈 수 있었다.

한밤중의 달콤한 유혹, 하겐다즈 아이스크림

알고 계시는지, 한국에서는 부의 상징인 하겐다즈가 일본에서는 누구나 부담 없이 먹을 수 있는 저렴한 아이스크림이라는 것을. 우리나라에서 하겐다즈 소컵은 5,000원에 가까운 가격인데 일본 편의점에서는 단돈 200엔 초반이다(마트는 100엔 후반대로 훨씬 싸지만 신상품이 편의점보다 늦게 나온다는 단점이 있다). 물가와 기타 등등을 고려하더라도 저렴한 가격이다.

그뿐만이 아니다. 우리나라에서는 바닐라, 초콜릿, 녹차 정도의 기본 맛에, 1년에 한두 번 새로운 맛이 나오는 게 전부이지만 일본에서는 단호박이나 흑당모찌, 바나나우유, 아이리시위스키 등 듣도 보도 못한 맛의 신상품들이 자주 나오고 있다. 하겐다즈 놈들, 일본에 보이는 정성을 우리에게 반의 반의 반만이라도 보여 봐라!

이런 이유로 일본에 갔을 때 제일 먼저 편의점에 가서 찾는 주전부리 중 하나가 하겐다즈였다. 한국에서는 비싸서 못 먹지만 여기서는 한 개 가격으로 두 개를 먹을 수 있었다. 그것도 새로운 맛을!

편의점에서 즐기는 아침 식사

조식이 없는 호텔 플랜을 예약하면 근처 편의점을 자주 찾았다. 식당에서 먹는 것보다 저렴하게 한 끼를 때울 수 있어 여행 중 돈을 아끼고 싶을 때 주로 이용했다.

아침에 곧 죽어도 밥을 먹어야 한다면 역시나 삼각김밥이 최고지. 이왕 먹는 거 한국에서도 매일 먹는 참치마요보다는 명란젓이나 가쓰오부시, 연어알처럼 일본에서만 먹을 수 있는 삼각김밥 위주로 먹었다. 국물이 아쉬울 땐 컵 된장국도 곁들여서.

빵을 선호하는 사람들에겐 샌드위치도 좋다. 아침 식사에 어울리는 샌드위치라면 폭신폭신하고 부드러운 달걀을 두툼하게 넣은 타마고샌드위치나 아삭아삭 상큼한 BLT샌드위치가 제격일 것이다. 든든하게 먹는 걸 좋아한다면 묵직한 볼륨의 돈가스샌드위치나 로스트비프샌드위치를 추천한다. 편의점에서 뽑아주는 커피와 함께 먹으면 카페에서 먹는 모닝 세트가 부럽지 않다.

아침을 잘 먹지 않는다면 커피우유나 과일주스, 요구르트 등의 음료로 가볍게 때워도 좋다. 다양한 맛이 있어 고르는 재미가 있다.

18

일본 편의점 브랜드,
어디가 맛있을까

편의점 명가라고 하면 왠지 일본이 떠오르는 건 왜일까. 특유의 집요함으로 다양한 편의점 파생 상품들을 만들어 전문적인 이미지를 구축했기 때문은 아닐까. 또 일본은 편의점 이용이 생활화되어서 사람들의 라이프 스타일에 맞게 발전해 온 이유도 있을 것이다. 나는 여행을 가면 편의점부터 들러서 온갖 음식들을 사 먹었다. 경험해 본 바, 브랜드마다 대표 격으로 취급되는 상품이 있었다. 그간 축적한 일본 편의점 음식에 대해 공개한다.

세븐일레븐

일본에서 푸드 상품을 처음으로 판매하기 시작한 편의점이라 삼각김밥이나 도시락, 샌드위치, 어묵탕 등이 맛있기로 소문난 곳이다. 특히 밥 종류는 세븐일레븐에서 사면 실패하는 법이 거의 없다. 일본 내의 유명 라멘집과 협업한 PB 컵라면의 종류가 많은 것도 특징이다. 먹어보았던 것 중에 맛있었던 것은 스미레, 잇푸도 컵라면이었다. 일본에서 줄 서서 먹는 유명 라멘 전문점인 스미레, 잇푸도와 손을 잡아 만든 컵라면인데 가격은 300엔 정도다. 일반 컵라면에 비하면 비싸지만 정말 가게에서 먹는 것 같은 국물 맛이 나고 고기나 야채 등의 건더기가 레토르트로 들어있어 비싸다는 생각은 들지 않는다. 라멘집에 줄 서기가 힘들 때 호텔방에서 그 맛을 느껴보자.

로손

세븐일레븐과 비교해 도시락이나 삼각김밥, 샌드위치는 약하지만 디저트나 파스타, 그라탱 등의 서양식 메뉴가 맛있는 곳이다. 한국에서도 유명한 모찌롤케이크도 원조는 로손이다. 그 외에 생면을 사용한 파스타나 치즈와 건더기가 듬뿍 들어간 그라탱도 추천 메뉴. 와인과 함께 안주로 먹기 좋다.

음식과는 상관없지만 로손은 다른 편의점에 비해 만화나 애니메이션과 제휴해 협업 행사를 자주 하는 편이다. 특정 상품을 사면 캐릭터가 그려진 미니 클리어 파일이나 부채 등의 굿즈를 주기도 하니 일본 서브컬처를 좋아한다면 참고해 보시길.

로손에서 내 원픽은 촉촉하게 씹히는 식감이 좋은 생면파스타다. 소스나 토핑도 퀄리티가 좋아 한국의 웬만한 이탈리안 레스토랑보다 맛있게 느껴진 적도 있다. 여기에 편의점에서 파는 미니 와인과 샐러드, 치즈 등을 더하면 꽤 고급스러운 술판이 벌어진다.

미니스톱

점포 내에 주방이 별도로 있어 치킨이나 도시락, 소프트 아이스크림, 파르페 등의 즉석식품류가 풍부한 곳이 미니스톱이다. 점포의 수는 세븐일레븐이나 패밀리마트, 로손에 비해 적지만 마니아층이 두텁다. 특히 소프트아이스크림은 가격도 저렴하고 맛있어 여름이 되면 불티나

게 팔리는 베스트 상품이다. 여름에 아이스크림이 먹고 싶으면 굳이 미니스톱을 찾아 소프트아이스크림을 사 먹었던 기억이 난다.

일본 미니스톱에서 먹은 것 중에서는 여름 한정 상품인 망고파르페가 원픽이었다. 소프트아이스크림 위에 망고 과육과 망고시럽이 듬뿍 토핑되어 있다. 신라호텔 애플망고빙수에 버금가⋯지는 않지만 300엔 정도의 가격에 푸짐한 망고를 맛볼 수 있다는 점에서 가성비가 나쁘지 않아 자꾸만 손이 간다.

✦ 세이코마트

홋카이도에만 있는 편의점 브랜드인 세이코마트. 홋카이도에 가면 세븐일레븐이나 로손, 패밀리마트 같은 메이저 편의점보다 세이코마트가 훨씬 많이 있다.

원래 와인 도매상을 하던 회사에서 운영하는 편의점이기 때문에 와인 리스트가 다양하고 가격도 저렴하다. 홋카이도 지역 편의점답게 홋카이도산 재료를 사용한 여러 유제품이나 가공식품을 판매하는 것으로 유명하다.

그래서 세이코마트에 가면 홋카이도 우유로 만든 아이스크림, 홋카이도 옥수수를 잊지 않고 사 먹었다. 낙농

업으로 유명한 홋카이도산 우유로 만든 아이스크림은 진하고 부드러우면서도 고소한 맛이 편의점에서 파는 아이스크림이라고는 생각하기 어려울 정도로 맛있다. 진공 포장되어 있는 찐 옥수수는 우리나라의 찰옥수수와는 또 다르게 달콤하고 과육이 톡톡 터지는 게 자꾸 생각나는 맛이다.

19

낭만이 가득한
태국 편의점

더운 나라는 싫다는 이유만으로 동남아 나라들은 쳐다보지도 않다가 비교적 최근에 태국 여행을 갔다. 더위는 질색인 나는 예상대로 호텔 밖으로 한 발짝만 나가도 "더워!"를 외치며 몸부림을 쳐야 했다. 그때 도움이 되었던 게 여기저기에 있는 편의점이었다. 길을 걷다가 편의점이 보이면 잽싸게 들어가 에어컨 바람을 쐬고, 음료수 하나 산 뒤 비장한 마음으로 다시 밖으로 나섰다. 그것도 몇 번 반복하다가 나중에는 결국 택시를 타고 다녔지만.

맥주 마시게 해주세요!

맥주를 사러 호텔 앞에 있는 편의점에 갔는데 어라? 맥주 냉장고에 자물쇠가 걸려있었다. 도난 때문에 그런 건가 생각해서 직원에게 "싱하 비어 플리즈!"를 당당하게 외쳤는데 돌아오는 대답은 "No, no."였다.

왜 못 사는지 물어보고는 싶지만 나도 태국말을 못하고 직원도 한국말을 못 하니 서로 답답하기만 할 뿐 결국 맥주는 사지 못하고 호텔로 돌아와야만 했다. 알아보니 태국은 소매점에서 술을 살 수 있는 시간이 정해져 있었다. 하루 중 술을 살 수 있는 시간은 오전 11시~오후 2시, 오후 5시~자정이라고. 또한 왕족과 관련된 공휴일과 불교 기념일, 선거 전후에도 술을 살 수 없다.

태국은 불교 국가이고 왕가의 권한도 막강하니 불교 기념일이나 왕족 관련 공휴일에 술을 안 파는 건 이해할 수 있지만 어째서 선거 기간에까지 술을 안 파는 걸까? 선거 기간에 술 마시고 패싸움하지 말라는 따스한 배려에서인가? 아무튼 해외여행 가기 전에는 공부를 해둬야 한다. 이럴 줄 알았으면 살 수 있는 시간에 미리 술을 사두는 건데 말이다.

221

은근히 매력적, 태국 컵라면

태국에서 먹어보고 반했던 게 태국 현지 느낌이 물씬 풍기는 컵라면들이었다. 특히나 똠얌꿍 컵라면은 인기가 있는 맛인지 여러 회사에서 경쟁적으로 출시를 하고 있었다. 우리나라의 육개장사발면과 비슷한 위치인걸까. 나도 똠얌꿍이라면 자다가도 벌떡 일어날 만큼 좋아하는지라 한국에 돌아올 때 잔뜩 사서 태국이 그리울 때마다 하나씩 끓여 먹곤 했다. 현지에서 만든 컵라면이니 맛 재현은 당연하다. 다시 태국 여행을 갈 수 있는 날이 오면 컵라면을 잔뜩 쟁여놓고 싶다.

태국에 왔으면 이걸 먹어야지, 열대 과일들

동남아 나라에선 뭐니 뭐니 해도 열대 과일이 최고다. 망고에 패션프루트, 바나나, 두리안 등 종류도 다양하고 가격도 매우 저렴해서 여행 중에 늘 과일을 입에 달고 살았다. 보통 과일을 살 때는 노점상을 이용했지만 말린 과일류나 과일주스 같은 가공식품을 살 때는 호텔 근처에 있는 편의점을 주로 이용하곤 했다.

맥주 안주로 좋은 벤토쥐포

태국 여행 선물로 말린 망고와 함께 두 번째 정도로 사랑
받는 '벤토쥐포'. 오리지널 쥐포 맛은 한국에서 파는 것
과 크게 차이가 나지 않지만 핫 스파이시 맛이나 바비큐
맛, 와사비 맛 등 다양한 맛이 있다. 짭조름한 맛이 맥주
와 궁합이 찰떡이다. 지금은 한국에서도 판매되고 있으
니 태국의 맛이 그리운 분들은 사 먹어 보는 건 어떨까?

편의점 종주국은 어떨까,
미국 편의점

20

처음 미국에 갔을 때, 미국은 편의점 종주국이나 다름없으니 판매하는 상품 종류도 다양하고 점포도 많을 거라 생각했다. 하지만 천만의 말씀. 오히려 우리나라가 상품 종류도 훨씬 다양하고 점포도 많은 편이다. 우리나라는 읍, 면 단위만 돼도 편의점 하나는 있지만 미국은 도시의 번화가에서나 편의점을 볼 수 있다.

그리고 24시간 영업이라고는 하지만 한밤중에 이용하기는 왠지 껄끄러웠다. 밤에 맥주와 안주를 살 수 있는 얼마 안 되는 곳이라 뉴욕에 묵을 때 딱 한 번 편의점에 간 적이 있지만, 이후에는 밤에 간 적이 없다. 뉴욕 번화가나 돼야 밤에도 맥주 사러 편의점에 갈 수 있지, 다른 도시라면 목숨은 보장할 수 없으니. 솔직히 뉴욕도 밤에 혼자 다니려니 무서웠다.

미국 편의점의 특징 중 하나라면 커피나 슬러시, 탄산음료 등의 즉석 음료 종류가 풍부하다는 것이다. 가격도 1~2달러 정도로 카페에서 사 먹는 것보다 저렴하기 때문에 많은 사람들이 음료를 마시기 위해 편의점을 이용한다. 아침 시간에는 커피나 슬러시를 사는 손님들로 편의점이 붐빈다. 나도 아침에 커피를 마시러 갔는데 2달러라는 착한 가격에 양도 많고 맛있기까지 해 만족스러웠다.

즉석에서 만들어주는 핫도그나 피자도 미국 편의점의 특징이다. 카운터에 소시지 그릴과 피자를 진열하는 온장고가 있어 손쉽게 아메리칸 핫도그와 피자를 먹을 수 있다. 가볍지만 적당히 기름지게 한 끼를 때우고 싶을 때 적절하다.

한국 세븐일레븐에서도 슬러시와 즉석 탄산음료, 아메리칸 핫도그를 팔고 있으니 미국에서 마시던 맛이 그립다면 가보는 것도 좋을 듯하다. 다만 일부 특화 점포에서만 판매하고 있으니 미리 알아보고 가는 센스!

225

21

이런 편의점도
있단 말이야?

편의점은 전국 어디를 가도 똑같은 외양을 띠고 있다. 그래서 찾기도 쉽고 어디에든 늘 있다는 생각에 안심도 된다. 하지만 편의점도 TPO Time, Place, Occasion를 지킬 때는 지키는 것일까. 풍경이 아름다운 곳에 있는 한 편의점은 외관과 풍경이 어울리게 지어졌고, 시대에 발맞춰 최첨단으로 운영되는 편의점이 있는가 하면, 사람들을 위해 각종 편의시설과 함께하기도 한다. 우리가 평소 보던 것과는 다른 이색적인 편의점에는 무엇이 있을까.

노을이 아름다운
이마트24 동작 구름·노을 카페

우리나라에서 제일 풍경이 아름다운 편의점은 어디일까? 아마도 동작대교 남단에 위치한 이마트24 동작 대교점 구름 카페와 노을 카페가 아닐까 싶다. 총 5층짜리 건물로 1층과 2층에는 바리스타가 만든 커피와 간식거리를 즐길 수 있는 카페와 편의점 매장이 있고, 3층에는 아늑한 라운지와 서점, 5층은 근사한 루프탑으로 구성돼 있다. 한강 다리 위 5층 옥상에 위치한 루프탑에서는 남산과 한강의 풍경을 한눈에 즐길 수 있어 일부러 버스를 타거나 다리를 건너오는 사람들이 많다. 노을 카페는 이름처럼 해 질 녘 루프탑에서 바라보는 노을이 정말 아름답다.

한 가지 팁을 더하자면 여의도 불꽃축제 기간에는 불꽃놀이를 루프탑에서 볼 수 있는 별도 입장권을 판매하고 있다. 여의도가 한눈에 내려다 보이는 명당자리에서 불꽃놀이를 즐길 수 있어 경쟁이 치열하다고 한다. 매년 이마트24 앱에서 판매하고 있으니 편하게 불꽃놀이를 즐기고 싶다면 기회를 노려보자.

학생들을 위한 공간, CU 덕성여대 학생회관

덕성여대 안에 위치한 CU 덕성여대학생회관점은 화장을 고칠 수 있는 파우더 룸과 옷을 갈아입을 수 있는 피팅 룸이 있는 이색 편의점이다. 여대생을 위한 맞춤형 서비스라 할 수 있다. 또한 학생들끼리 소모임이 가능한 테이블과 화이트보드 등이 설치된 스터디 존도 운영하고 있있다. 대학교 내에 있는 점포라는 특성을 잘 활용한 아이디어가 반짝이는 곳이다.

편의점의 미래인가, 무인 편의점

무인점포라고 하면 SF소설에서나 나오는 것처럼 멀게 느껴지지만 이미 우리 주변에 가까이 다가와 있다. 세븐일레븐에서 운영하고 있는 '시그니처 점포'는 최첨단 시스템을 자랑하며 입구에서 카드, 혹은 사전에 등록한 정맥 인증을 통해 들어갈 수 있게 했다. 신분 인증을 해야 입장이 가능하기 때문에 무인점포를 운영하면서 일어날 수 있는 도난 문제를 최소화했다. 무인 포스기가 있어 고객이 셀프로 계산할 수 있는 것도 특색 중 하나이다.

북한에도 우리 편의점이 있다고?

북한 최초의 우리나라 편의점은 2002년 11월 금강산 지역에 오픈한 패밀리마트(현재 CU)이다. 현대아산과 계약을 맺고 금강산 관광을 온 우리나라 국민을 대상으로 오픈했던 점포로 온정각 휴게소와 금강 빌리지, 금강산 해수욕장 등지에서 점포를 운영하다 2008년 7월 금강산 관광 중단과 함께 문을 닫게 되었다. 이후에는 개성공단에 있는 점포들만 운영되다 2016년 2월 개성공단 가동이 중단되면서 동시에 영업이 중단되었다.

북한 주민들을 대상으로 한 것이 아닌 북한에 있는 우리 국민들을 위한 점포로 물건 구색은 국내 편의점과 비슷했지만 삼각김밥이나 도시락 같은 상품들은 없었고 구매는 달러로만 가능했다고 한다. 언젠가 남북 관계가 좋아지고 통일이 되면 꼭 방문해서 리뷰를 남겨보고 싶다. 내 블로그에 북한 편의점 리뷰가 게시될 날을 기다려 본다.

22

코로나19 시대의 편의점

이 원고를 한창 쓰던 중 코로나19가 터졌다. 초반에는 곧 끝날 것이라며 낙관적으로 생각하던 것도 잠시, 코로나는 전 세계를 위협하는 전염병이 되어 우리를 괴롭히고 있다. 백신과 치료제 개발에 박차를 가하고 있지만 좀처럼 진정될 기미가 보이지 않아 마치 부연 안개 속을 걷고 있는 듯 답답한 나날들이 이어지고 있다. 코로나19로 인한 팬데믹 시대, 편의점은 어떻게 변화하고 있을까.

이불 밖은 위험해, 집에만 있자

코로나19 이후 번화가나 유흥가, 오피스와 학교 근처에 위치한 편의점은 매출이 많이 줄었다. 많은 이들이 밖에 나가지 않고 재택근무나 휴업을 하면서 자연스럽게 손님이 줄어든 것이다. 반대로 매출이 늘어난 편의점은 어디일까? 주택가나 원룸촌에 위치한 편의점들이 적게나마 수혜를 받은 곳이다. 사람들이 집콕을 선택하면서 먼 곳에 있는 마트가 아닌 집 근처 편의점을 자주 이용하는 것이다.

편의점에서 예년보다 더 잘 팔리는 상품들을 살펴보면 봉지라면이나 레토르트 식품, 밀키트 등 집에서 간편하게 해 먹을 수 있는 먹거리들이 대부분이다. 마트보다 조금 비싸더라도 집 근처에서 쇼핑을 해결하려는 소비자들의 심리를 엿볼 수 있다.

사회적 거리두기, 홈술이 뜬다

사회적 거리두기로 사람들이 만나지 않으니 술자리도 자연스럽게 줄어들 수밖에. 하지만 원래 애주가들은 어떤

231

방법을 써서라도 술을 마실 이유를 찾아내는 법이다. 그래서 코로나 이후 뜨기 시작한 것이 집에서 즐기는 홈술이다. 집에서 혼자 소주잔을 기울이면 왠지 처량한 이미지가 떠올라서일까, 소주보다는 와인이나 맥주 판매가 늘어났다고 한다. 그에 맞춰 스낵류나 치즈류 등의 안주 메뉴도 매출이 늘었다.

아쉬운 점은 편의점에서 파는 와인의 경우 종류가 서너 가지로 한정되어 있어 다양한 종류의 와인을 마실 수 없다는 것이다. 이를 보완하기 위해 CU, GS25, 세븐일레븐에서는 앱 주문 서비스를 하고 있다. 앱에서 원하는 와인을 주문하면 집 근처 편의점에서 수령할 수 있다. 백화점이나 주류 전문점까지 가지 않아도 동네 편의점에서 와인을 살 수 있다.

판매하는 와인들은 대부분 1만 원~3만 원대의 부담 없이 마실 수 있는 중저가 와인이지만 세븐일레븐은 특이하게도 150만 원대의 샤또 마고와 샤또 오브리옹을 취급한다. 과연 이걸 편의점에서 사 마실 사람이 있기는 한 걸까?

마스크, 당신이 너무 보고 싶습니다

코로나19 초반 마스크를 구하기 힘들었을 때 소소하게 도움이 되었던 게 편의점이었다. 마스크 대란이 터지자 온라인 쇼핑몰마다 마스크 가격이 천정부지로 뛰었다. 이런 상황에서 그나마 편의점에서만큼은 정가로 마스크를 구할 수 있었다.

하지만 그것도 잠시, 편의점에서도 비축해 둔 마스크가 떨어지자 더 이상 마스크를 구하기 어려워졌다. 단골 편의점 사장님의 말에 따르면 자기도 많이 팔고 싶지만 물량이 없어 하루에 점포당 마스크가 1~2장 정도만 들어온다고 했다. 그것도 들어오기가 무섭게 누군가가 귀신같이 알고 사 간다고.

얼마 후, 약국에서 공적 마스크를 팔기 시작하며 마스크 수급이 안정되자 편의점에서도 일반 덴탈 마스크나 KF 마스크를 쉽게 구할 수 있게 되었다. 온라인이나 약국보다는 조금 비싸지만 급할 때는 여전히 유용하다.

우리 집 바로 앞에는 편의점이 하나 있는데, 어느 날 쓰레기를 버리러 바깥에 나왔다가 음료수를 살까 하고 편의점에 들어가려 하니 문 앞에 붙어있는 "마스크 미착용자의 입장을 정중히 거절합니다."라는 문구가 보였다.

아차, 집 앞에 잠깐 나가는 거라 깜박하고 마스크 쓰는 것을 잊어버렸던 것이다.

귀찮았지만 곧장 집에 돌아가서 마스크를 쓰고 다시 편의점에 갔다. 하루에도 수많은 사람이 편의점에 들어오니 아르바이트생 입장에서는 마스크를 안 쓰고 들어오는 손님이 불편하게 느껴질 수도 있다. 열심히 근무하는 사람들을 위해서라도 서로 마스크 매너는 꼭 지키면 좋겠다.

400번 젓지 않아도 된다, 달고나커피

집에 있는 시간이 길어지면서 사람들은 무료함을 달래기 위해 온갖 별짓을 시작했다. 그중 SNS를 통해 퍼진 것이 바로 달고나커피 챌린지다.

달고나커피는 인스턴트커피에 설탕과 뜨거운 물을 붓고 거품기로 400번 이상 휘저어서 달고나처럼 달콤하고 쌉쌀한 맛의 머랭을 만들어 우유 위에 얹어 먹는 커피음료이다. 집에서 해 먹으려면 거품기로 커피를 무려 400번 이상 휘젓는, 그야말로 생고생을 해야 하지만 단순 노동을 하는 동안 집콕 생활로 우울해졌던 기분을 밝게 환기시켜 주고 SNS에 완성된 사진을 올리면서 온라인 친구들과 소통도 할 수 있어 인기를 끌었다.

달고나커피는 우리나라뿐만이 아니라 SNS를 타고 전 세계에 새로운 한류열풍을 일으켰다. 장기간 격리 생활로 심심해진 외국인들도 달고나커피의 달콤한 매력에 푹 빠진 것. 이제는 외국인들도 SNS에 #dalgonacoffee 태그를 붙여 자신이 만든 달고나커피를 뽐내고 있다.

물이 들어오면 노를 젓는 게 장사라고 했던가. 각 편의점에서는 재빨리 달고나 관련 상품을 출시했다. GS25에서는 달고나 맛 크림에 잘게 부순 달고나를 얹은 달고나케이크를 선보였고, 세븐일레븐에서는 달고나라테와 달고나캔디를 출시했다. CU에서는 달고나 맛 머랭으로 만든 달고나마카롱을 출시했다. 400번 휘젓는 게 귀찮다면 집 앞 편의점에서 달고나의 달콤쌉쌀한 맛을 즐기는 건 어떨까.

9시 이후에도 먹고 싶다

코로나로 인해 생긴 서글픈 에피소드 중 하나. 편의점에서 밤 9시 이후 시식대에서 식사하는 손님에게 편의점 아르바이트생이 거리두기 강화로 인해 점내 취식이 안 된다고 주의를 주자 화가 난 손님이 아르바이트생에게 샌드위치와 우유를 던지고 도망가는 사건이 있었다.

다행히 도망간 손님은 잡혔다고 하지만 늦은 밤, 혼자서 일하다가 봉변을 당한 아르바이트생은 얼마나 당혹스러웠을까. 끝날 기미가 보이지 않는 코로나가 사람들의 마음마저 팍팍하게 하는 것 같아 마음이 씁쓸해진다. 답답하겠지만 이 또한 지나갈 것이라고 믿으며 긍정적으로 나아갔으면 한다.

코로나가 끝나고 다시 마음대로 돌아다닐 수 있게 되면 집 앞 편의점이 아니라 여행지의, 그리고 먼 나라의 편의점으로 자유롭게 갈 수 있게 되었으면 좋겠다.

오늘도 편의점을 털었습니다
야매 편의점 평론가의 편슐랭 가이드

초판 1쇄 인쇄   2021년 1월 18일
초판 1쇄 발행   2021년 1월 27일

지은이   채다인   전화   031-955-4955
펴낸이   이준경   팩스   031-955-4959
편집장   이찬희   홈페이지   www.gcolon.co.kr
총괄부장   강혜정   트위터   @g_colon
편집   이가람, 김아영   페이스북   /gcolonbook
디자인팀장   정미정   인스타그램   @g_colonbook
디자인   김정현, 정명희
마케팅   정재은   ISBN   979-11-91059-05-2 03810
펴낸곳   지콜론북   값   14,500원

출판 등록   2011년 1월 6일 제406-2011-000003호
주소   경기도 파주시 문발로 242 3층

이 책은 저작권법에 의해 보호를 받는 저작물이므로 무단 전재와 복제를 금합니다.
또한 이미지의 저작권은 작가에게 있음을 알려드립니다.
The copyright for every artwork contained in this publication belongs to artist.
All rights reserved.

잘못된 책은 구입한 곳에서 교환해드립니다.
지콜론북은 예술과 문화, 일상의 소통을 꿈꾸는 ㈜영진미디어의 출판 브랜드입니다.